Thomas Brezina · Kennwort Giftkralle

DIE KNICKERBOCKER BANDE

Hallo Detektive,

hier mein ganz persönlicher Steckbrief!

Name: Thomas Brezina (meine Freunde dürfen mich auch Brezl nennen)
Größe: 1,76 m
Gewicht: 60 kg (schwankt ...)
Haarfarbe: dunkelbraun
Augenfarbe: braun

BESONDERE KENNZEICHEN:
Ich habe einen Bart und sammle verrückte und coole Uhren. Eine davon zeigt mir immer an, wie viel Uhr es dort ist, wo die Knickerbocker-Bande gerade einen Fall löst.

MEINE ERINNERUNGEN AN DIE SCHULE:
Ich habe in der Schule gern Zeichnen, Englisch und Mathematik gehabt. Gehasst habe ich Latein und – Überraschung – auch Deutsch. Mein Lehrer hat immer nur Rechtschreibfehler gesucht, deshalb ist mir die Freude am Schreiben verloren gegangen.

MEINE LIEBLINGSBESCHÄFTIGUNGEN:
Schreiben, Reisen, Musicals, Kino, TV, Lesen, mit meinem Hund Daffi spazieren gehen, Schwimmen und natürlich schwierige Kriminalfälle lösen!

MEIN LIEBLINGSESSEN:
Am allerliebsten esse ich Sushi. Das ist roher Fisch auf Reisbällchen und schmeckt bedeutend besser, als es klingt.

MEIN GEBURTSDATUM:
Ich bin Wassermann und am 10. Tag dieses Sternzeichens geboren. Kombiniert: Wann ist mein Geburtstag?

MEINE KNICKERBOCKER-KRIMIS:
Sie fallen mir beim Duschen, Spazierengehen, mitten in der Nacht, im Flugzeug oder an sonstigen ungewöhnlichen Orten ein.

MEINE BERUFSWÜNSCHE:
Ich wäre gern Detektiv geworden. Aber ich fürchte, dazu hatte ich damals nicht genug Mut und Ausdauer. Und jetzt kann ich mir keinen anderen Beruf vorstellen als den, für euch spannende Geschichten zu schreiben.

Wenn ihr noch Fragen habt: www.thomasbrezina.com

Thomas Brezina

DIE KNICKERBOCKER BANDE®

KENNWORT GIFTKRALLE

Abenteuer in Indien

Abenteuer Nr. 32

Mit Illustrationen von
Atelier Bauch-Kiesel

Ravensburger Buchverlag

LILO
DOMINIK

AXEL
POPPI

Als Ravensburger Taschenbuch
Band 6222
erschienen 2000

Erstmals erschienen 1994
bei der hpt-Verlagsgesellschaft m. b. H. & Co. KG, Wien

Umschlagillustration: Ferenc B. Regös

Printed in Germany

Die Schreibweise entspricht den Regeln
der neuen Rechtschreibung.

1 2 3 4 5 04 03 02 01 00

ISBN 3-473-56222-X

Inhalt

DIE KNICKERBOCKER-BANDE

NAME: Axel Klingmeier
SPITZNAME: früher Schrumpfkopf und Gnomi
ALTER: fast 14 Jahre
STERNZEICHEN: Steinbock
COOL FINDE ICH: Sport
TOTAL UNCOOL: Langweiler, Oberlehrer, Wichtigtuer
LIEBLINGSSPEISE: alles
BESONDERE KENNZEICHEN: Bin früher oft verspottet worden, weil ich klein bin. Heute traut sich das keiner mehr.

NAME: Lieselotte (Lilo) Schroll
SPITZNAME: Superhirn
ALTER: fast 14 Jahre
STERNZEICHEN: Krebs
COOL FINDE ICH: Skifahren, Rafting, Krimis, starke Ideen und Mut
TOTAL UNCOOL: Feiglinge; Leute, die nicht lachen können; Trauerklöße
LIEBLINGSSPEISE: Chinesisches Essen
BESONDERE KENNZEICHEN: Habe zwei blonde Zöpfe, auf die ich besonders stolz bin.

NAME: Paula Monowitsch
SPITZNAME: Poppi (Paula finde ich einen Horrornamen)
ALTER: fast 10 Jahre
STERNZEICHEN: Fische
COOL FINDE ICH: meine Tiere, Tierschutz-Organisationen, Poster
TOTAL UNCOOL: Tierquäler; Leute, die behaupten, nie Angst zu haben
LIEBLINGSSPEISE: Fruchtsalat und Melonen, aber kein Fleisch
BESONDERE KENNZEICHEN: Ich besitze einen Minizoo mit zwei Hunden, einem Papagei, drei Katzen, Kaninchen, Goldfischen, Ratten und einem Weihnachtskarpfen, den ich vor der Pfanne gerettet habe.

NAME: Dominik Kascha
SPITZNAME: (verrate ich nicht)
ALTER: fast 11 Jahre
STERNZEICHEN: Waage
COOL FINDE ICH: Lesen, Rätsel, Leute mit Durchblick
TOTAL UNCOOL: Quatschköpfe, erhobene Zeigefinger, strenge Erwachsene
LIEBLINGSSPEISE: Spaghetti
BESONDERE KENNZEICHEN: Meine Eltern sind Schauspieler, und auch ich stehe bereits auf der Bühne und vor der Filmkamera.

DER NAME KNICKERBOCKER-BANDE ENTSTAND ...

- als Axel, Lilo, Poppi und Dominik von Lord Conrad of Knickerbocker ausgezeichnet wurden, weil sie seinen entlaufenen Mops gefunden hatten,
- **als Axel einen Weltrekord aufstellte und in 22 Knickerbocker-Hosen in nur 30 Sekunden Löcher gebissen hatte,**
- als Poppis Papagei zum ersten Mal ein Wort von sich gab und es sich nach „Knickerbocker“ anhörte,
- **als die vier den Zeichenwettbewerb einer Lederhosenfirma gewannen und einander bei der Preisverleihung kennen lernten,**
- als Dominik der jüngste Student an der Knickerbocker-Universität wurde,
- **als Lieselotte endlich das Rätsel der jodelnden Knickerbocker-Hosen gelöst hatte,**
- als Axel, Lilo, Poppi und Dominik sieben entsprungene Knickerbocker-Hosen wieder eingefangen haben,
- **als der Song „Knickerbocker Kiss“ in der Hitparade auf Platz 1 landete.**

Richtige Erklärung bitte ankreuzen. Die Lösung steht auf *Seite 144.*

Besuch im Schlangentempel

Hoch aufgerichtet und angriffslustig standen die fünfköpfigen Kobras vor der Knickerbocker-Bande. Sie hatten die Mäuler weit aufgerissen und zeigten drohend die gebogenen, spitzen Giftzähne.

„Die sehen aber ... gefährlich aus!", stieß Poppi hervor.

„Trotzdem traue ich mich sogar meine Hände in ihre großen Klappen zu legen!", prahlte Axel. Zum Beweis trat er vor und streckte die Fäuste zu den Kobraköpfen.

„Hör auf!", fuhr ihn Lieselotte an. „Das hier ist kein Platz für solche Scherze!" Beleidigt ließ der Junge seine Hände in den Taschen verschwinden. „Nur ein absolutes Bibberbaby hat Angst vor steinernen Schlangen!", brummte er. Poppi schnaubte wütend und wollte sich verteidigen, aber Lilo ließ es nicht so weit kommen: „Legt eine Pause ein!", zischte sie. „Schaut euch lieber dieses irre Ding da an!"

Axel, Lilo, Poppi und Dominik, die vier Mitglieder der Knickerbocker-Bande, hoben die Blicke und sahen sich um. Sie befanden sich in der Ruine eines alten indischen Tempels, der zweifellos Schlangen geweiht war.

Auf beiden Seiten des ehemaligen Eingangs standen die fünfköpfigen Kobras, die wie zwei Torwächter aussahen. Einige Schritte weiter, im Inneren des Gebäudes, erblickten die Knickerbocker ungefähr vier Meter hohe Statuen von Göttern, die alle mehrere Schlangen in den Händen hielten und mit ihnen zu spielen schienen.

Das Dach des Tempels war schon vor langer Zeit eingebrochen, und deshalb lagen in der Halle riesige Steintrümmer verstreut. Unkraut und Schlingpflanzen waren aus dem rissigen Boden gewachsen und hatten die Brocken überwuchert.

„He … was ist das?“, fragte Axel und deutete auf einen Holzstapel, der sich in der Mitte des Platzes befand und höher als der Junge war. Lilo trat näher und betrachtete ihn misstrauisch. Das Mädchen schluckte. Es hatte einen Verdacht, wollte ihn aber nicht aussprechen. „He, Lieselotte, was ist?“, fragte Poppi zaghaft. Sie spürte, dass irgendetwas nicht stimmte.

„Ich, also das … na ja …“, begann das Superhirn. In diesem Moment wurden hinter den vier Freunden langsame, stampfende Schritte hörbar. Eine Gruppe von Menschen näherte sich, die klagende, murmelnde Laute von sich gab. „Weg … raus!“, zischte Lilo, aber sie erkannte sofort, dass es zu spät war. Zwischen den üppigen Grünpflanzen des Waldes tauchten bereits die ersten Leute auf. Es schien sich nur um Männer zu handeln, die alle mit langen weißen Jacken und Hosen aus dünnem Stoff bekleidet waren. Sie bildeten zwei Reihen und trugen etwas auf den Schultern.

„Wir müssen uns verstecken, schnell!“, kommandierte Lilo. Sie suchte fieberhaft nach einem guten Platz und entdeckte einen kleinen Nebenraum, der völlig erhalten war. Den Zugang versperrten einige Trümmer des Daches, zwischen denen sich die vier schlanken Juniordetektive mit viel Geschick durchzwängen konnten.

Sie hockten nun im Halbdunkel einer kleinen Kammer und versuchten nicht zu laut zu atmen. Der

Schweiß rann über ihre Rücken, denn die Luft war feucht und heiß. Außerdem spürten die vier, dass sie gerade Augenzeugen einer geheimnisvollen Handlung wurden.

Axel und Lieselotte ahnten, was hier im Tempel geschehen sollte, aber sie wollten den anderen beiden nichts sagen. Poppi und Dominik würden es früh genug erkennen.

Die Männer hatten den Schlangentempel erreicht und marschierten mit gleichmäßigen Schritten zwischen den fünfköpfigen Kobras hindurch. Als sie ins Blickfeld der Bande kamen, war es den Freunden auch möglich, zu erspähen, was sie auf den Schultern trugen. Es handelte sich um eine Bahre, auf der regungslos ein Mensch lag. Er war in weiße Tücher gewickelt und ...

Poppi hauchte: „Ist der ... tot?“ Lieselotte nickte stumm. „Aber ... wieso bringen sie ihn hierher? Es handelt sich doch um keinen Friedhof!“, brummte Dominik. Axel schluckte und flüsterte: „Der Tote soll verbrannt werden. Das Holz ist ein Scheiterhaufen!“ Poppi erschauderte und drehte sich weg. Sie presste den Kopf an Lilos Rücken und schluchzte. Dominik wollte sie beruhigen und setzte zu einem Vortrag über Totenverbrennungen in Indien an, aber Poppi wollte nichts hören und hielt sich die Ohren zu.

Mittlerweile war die Bahre mit dem Verstorbenen von der Gruppe der Trauernden auf dem Holzstoß abgestellt worden. Die Männer schienen nun zu beten. „Ich ... ich will hier raus!“, zischte Poppi. Das Mädchen geriet in Panik und begann am ganzen Körper heftig zu zittern. „Ich muss hier raus!“, wiederholte sie und keuchte heftig. „Das geht nicht, wir dürfen die Menschen nicht stören!“, japste Axel. Lieselotte wusste keinen anderen Rat mehr, als Poppi die Hand auf den Mund zu legen und sie fest zu halten. Wer weiß, wie die Trauernden reagierten, wenn sie bemerkten, dass die Knickerbocker-Bande sie beobachtete.

Eine Fackel wurde von einem Mann zum anderen gereicht und schließlich vom letzten in der Reihe entzündet. Er streckte sie in die Luft, rief einige beschwörende Worte und senkte sie langsam in Richtung Holzstoß.

Jetzt drehten auch die anderen Knickerbocker die Köpfe weg und starrten auf den feuchten Boden. Ein lauter Aufschrei von draußen ließ sie aber wieder aufblicken. Was war geschehen?

Lilo schob den Kopf um die Steinkante des Tores und verstand zuerst nicht, was geschehen war. Die meisten der weiß gekleideten Männer hockten plötzlich alle auf dem Boden. Sie hielten die Hände abwehrend in Richtung Bahre und schienen fast versteinert vor Schreck. Einige Trauergäste lagen flach auf dem Bauch und pressten die Stirn auf die Steinplatten.

Im Schlangentempel war atemlose Stille eingekehrt.

Ein Toter löst sich in Luft auf

Axel brachte vor Staunen und Überraschung kein Wort heraus. „D… d… dort!“, stammelte er und deutete mit zitterndem Finger auf den Scheiterhaufen. Der Tote hatte sich aufgerichtet!

Er war noch immer in Tücher gehüllt und bewegte weder Arme noch Beine. Wie ein Klappmesser hatte er den Oberkörper erhoben und verharrte in dieser Stellung. Die Augen schienen durch den Stoff in die Ferne zu sehen. Langsam, mit großer Mühe und unter heftigem Keuchen begann der Verstorbene zu sprechen. Seine Stimme war nicht sehr laut, tief und heiser. Er stieß die Worte fast bellend hervor und drehte den Kopf dabei keinen Millimeter. Sein Nacken schien steif und starr zu sein.

„Was … was redet der?“, fragte Axel leise. Die anderen konnten nur mit den Schultern zucken. Keiner von ihnen verstand Hindi, die Sprache, die von den meisten Menschen hier in Indien gesprochen wurde.

Die Stimme des Verstorbenen klang immer gleich laut und erinnerte an einen Roboter. Was er sagte, schien die Männer rund um die Feuerstätte sehr zu bewegen. Langsam löste sich ihre Starre und sie warfen einander fragende, überraschte, staunende und fassungslose Blicke zu.

Dominik kramte aus der schmalen Tasche, die er um den Bauch gebunden hatte, ein kleines Tonbandgerät hervor. Es war nicht einmal halb so groß wie seine Hand und diente normalerweise als Diktiergerät, eine

Art elektronisches Notizbuch, dem man alle Gedanken anvertrauen konnte.

Der Knickerbocker drückte die rote Record-Taste und richtete das winzige eingebaute Mikrofon auf den sprechenden Toten. Vielleicht gelang es ihm, einige Worte aufzunehmen. Die weiße Gestalt auf dem Scheiterhaufen gab noch immer abgehackte, kurze Laute von sich und endete mit einem lang gezogenen, tiefen Schrei. Danach legte sie sich völlig mechanisch wieder zurück und wirkte genauso tot und starr wie wenige Minuten zuvor.

Die Männer erhoben sich und redeten aufgebracht durcheinander. Sie fuchtelten wild mit den Armen und besprachen, was sie soeben erlebt hatten. Ungefähr fünf Schritte vom Holzstapel entfernt lag die Fackel auf dem Boden, die noch immer brannte.

Lieselotte knetete heftig an ihrer Nasenspitze. Auf diese Weise konnte sie ihre Grübelzellen am besten auf Hochtouren bringen. Sie musste dahinter kommen, was soeben im Schlangentempel geschehen war. Doch das Superhirn konnte sich nur vorstellen, dass hier ein böser Scherz getrieben wurde. „Dieser Tote ist … ist in Wirklichkeit gar nicht tot, sondern höchst lebendig. Er spielt das alles nur, um die Männer zu verwirren“, vermutete sie und teilte den Verdacht leise dem Rest der Bande mit.

In der nächsten Sekunde schossen Stichflammen aus dem Holzstoß und die Scheiter begannen zu brennen. Unter lautem Knistern, Knallen und Prasseln loderte ein mächtiges Feuer auf und verzehrte mit Tausenden glühenden Zungen das Holz und den nichttoten Toten.

Axel, Poppi und Dominik drehten entsetzt die Köpfe

weg und hielten vor Schreck den Atem an. Horror! Das war totaler Horror! Lieselotte tat dasselbe wie die Männer, die den Körper auf der Bahre gebracht hatten. Sie starrte mit weit aufgerissenen Augen das Feuer an und konnte einfach nicht fassen, was sie beobachtete. Die Fackel, mit der der Scheiterhaufen entzündet werden sollte, war viel zu weit entfernt. Die Stichflammen waren aus dem Inneren des Stapels gekommen! Aber wie war das möglich? Und was geschah mit der rätselhaften Gestalt, die sich inmitten der Gluthitze befand? „Vielleicht … vielleicht handelt es sich um einen Roboter!“, überlegte Lilo. Aber im nächsten Moment verwarf sie den Gedanken wieder. Nein, das konnte nicht sein. Im Feuer wäre jede Kunststoffhülle sofort geschmolzen und hätte das metallene Innenleben des mechanischen Menschen sichtbar werden lassen.

„Wie … wie … schaffst du es nur, dort hinzusehen?“, stieß Axel hervor. „Du schreckst auch vor nichts zurück, Lieselotte!“ Das Mädchen drehte sich zu seinem Kumpel und fragte: „Was … was meinst du denn?“

„Dort wird … Lilo … dort wird ein Mensch verbrannt, bei lebendigem Leib, und du schaust zu!“ Das Oberhaupt der Bande biss sich auf die Unterlippe. Axel hatte seine Freundin auf eine Idee gebracht. Sie wäre bestimmt schon längst in Deckung gegangen, wenn zwischen den flackernden Flammen ein echter Arm oder ein Knochen zum Vorschein gekommen wäre. Aber dem war nicht so.

Jetzt wusste Lieselotte, was ihr so besonders seltsam vorkam: Vor ihr im Hof des Schlangentempels schien sich ein großes Holzfeuer zu befinden. Oben auf dem Stapel lag aber nichts mehr. Gar nichts! Keine Spur von dem Unbekannten. Er schien sich in Luft aufgelöst zu haben.

Hastig informierte Lilo die anderen von ihrer Beobachtung, und erst jetzt wagten auch Axel, Poppi und Dominik die Köpfe wieder zu heben. „Du hast Recht ... ein Toter kann sich nicht verdünnisieren!“, meinte Axel. Poppi verstand das alles nicht mehr. „Was ... was ist da los? Ich will weg!“

Fort wollten auch die Männer. Sie ließen den brennenden Holzstoß keine Sekunde aus den Augen, als sie im Rückwärtsgang aus dem Tempel in den Dschungel stolperten. Einige schrien und hoben die Hände zum Himmel, andere wischten sich ununterbrochen über das Gesicht und rieben sich die Augen. Niemand konnte fassen, was er sah.

Bald hatte auch der Letzte die Ruine verlassen, in der jetzt nur noch das laute Prasseln des Feuers zu hören war. Rundherum waren alle anderen Geräusche und Tierlaute verstummt. Eine seltsame Spannung lag in der Luft.

„Ich habe eine Gänsehaut!“, gestand Poppi. „Ich habe eine Gänsehaut und schwitze wie ein Schwein!“, fügte sie hinzu. Der Schweiß rann auch dem Rest der Bande über das Gesicht. In der winzigen Kammer, in die sie geflüchtet waren, herrschte eine ungeheure Hitze. Der Raum kam ihnen wie ein kleiner Backofen vor, der die hohe Temperatur der Luft noch einmal zu steigern schien. „Vielleicht haben wir uns das alles nur eingebildet!“, sagte Dominik vorsichtig. Dafür erntete er ein wütendes Zischen von Lieselotte. „Natürlich, wir vier und zwanzig Männer haben uns alle dasselbe eingebildet!“

Lilo hielt es in dem Versteck nicht mehr aus und kroch ins Freie. Die schwüle Luft des Dschungels erschien ihr wie eine Wohltat. Als ein leiser Lufthauch eine Hitzewolke von der Feuerstelle in ihr Gesicht wehte, fiel ihr wieder ein, was gerade geschehen war. „Da … da ist etwas faul!“, murmelte sie vor sich hin und wagte ein paar kleine Schritte auf den Holzstoß zu. Immer wieder tauchte vor ihren Augen der Körper in den weißen Tüchern auf, der gesprochen hatte, bevor er in den Flammen verschwunden war.

Lieselotte zögerte. Sie war noch gut zehn Meter von der Feuerstelle entfernt und überlegte, ob sie sich noch näher heranwagen sollte. „Nein, die Hitze ist zu groß!“, sagte sie laut vor sich her. In Wirklichkeit flößte ihr diese unheimliche Stätte grässliche Furcht ein. Aber sie wollte das nicht zulassen und bewegte sich doch noch ein wenig weiter.

Da aber schossen von rechts mehrere lange, dünne Wesen auf sie zu. Lieselotte schrie auf und starrte auf die rot gefleckten Bänder, die rund um sie auf den Boden klatschten.

Was soll das alles?

Es handelte sich um Schlangen. Sie waren etwa einen Meter lang und nur so dick wie ein Finger. Immer mehr sausten aus dem kreisrunden Loch in der Wand. Wie Pfeile glitten sie durch die Luft und landeten auf dem Boden.

Lieselotte schrie auf. Es war ihr gerade noch gelungen, einem der Ungeheuer auszuweichen. Das Tier hatte sein Maul weit geöffnet und zeigte die spitzen Eckzähne. Die Schlange schien bereit, jeden Moment zuzubeißen.

Das Mädchen stolperte und landete auf dem sandigen Boden. „Los weg … wir müssen hier raus!“, schrie Axel, der vor Schlangen höllische Angst hatte. Noch war auf der rechten Seite zwischen dem „Landeplatz“ der Tiere und der Tempelmauer genug Platz, um gefahrlos das Weite zu suchen. Axel wartete nicht mehr, sondern rannte los. Poppi und Dominik folgten ihm.

Lieselotte erhob sich stöhnend und rief: „Wartet, ich komme mit!“

Die Knickerbocker-Bande hatte beinahe den Ausgang erreicht, als von oben ein schwarzer Klumpen herabplumpste. Er blieb direkt im Torbogen liegen und begann sich zu bewegen. Es war abermals eine Schlange. Ihre schuppige Haut schillerte bräunlich und hatte ein dunkles Muster, das aus unzähligen Kreisen zu bestehen schien. „Vorsicht, das ist eine Kettenviper!“, warnte Poppi und wich zurück. „Eine wahnsinnig giftige Schlange! Man spürt ihren Biss kaum, aber ein paar Stunden später schwillt das Bein oder der Arm an, und der Mensch ist verloren. Diese Schlange flüchtet nicht, wenn man fest auf den Boden stampft. Ganz im Gegenteil: Dann greift sie an."

„Wie ... wie kommen wir an der vorbei?", jammerte Dominik. „Gar nicht, solange sie dort liegt!", hauchte Poppi. Sie hoffte, dass die Kettenviper verschwinden würde, aber diese dachte nicht daran. Stattdessen begann sie heftig und drohend zu zischen. Keiner der Juniordetektive hatte je ein solches Geräusch von einer Schlange gehört. Es ähnelte eher den Lauten, die Katzen manchmal von sich geben. Regungslos beobachtete die Schlange die vier Knickerbocker.

Axel geriet in Panik und machte ein paar ratlose Schritte. Daraufhin raste die Kettenviper mit einem Höllentempo auf ihn zu. Zum Glück konnte er einen Satz zur Seite machen und die Schlange verfehlte ihn. Axel brüllte und kreischte vor Angst und riss seine Kappe vom Kopf. Diese Tiere brachten ihn völlig aus der Fassung!

Lieselotte war klar, dass jetzt schnell etwas geschehen musste.

Es war allerdings Poppi, die die Bande schließlich rettete. Das Mädchen, das sonst keinem Tier auch nur ein Härchen krümmen konnte, bückte sich und hob die Fackel auf, die noch immer brannte. Mit einer geschickten Handbewegung schleuderte Poppi sie knapp über dem Boden in Richtung Kettenviper. Die Fackel traf knapp neben der fast armdicken Schlange auf und erschreckte das Tier. Panikartig wollte es die Flucht ergreifen, geriet dabei aber in die Flammen. Die Viper krümmte sich und schlug mit ihrem Körper wild um sich. In ihrem

Kampf gegen das Feuer verschwand sie plötzlich in einem schmalen Spalt der Mauer.

Lieselotte atmete auf und murmelte: „Spitzenklasse, Poppi!“ Die Knickerbocker-Freunde warteten noch einen Augenblick ab, ob die Viper auch tatsächlich in ihrem Loch blieb, und hetzten dann aus dem Schlangentempel.

Draußen angekommen, blieben die Juniordetektive ein paar Sekunden lang stehen, holten tief Luft und rannten dann los. Sie wollten so schnell wie möglich raus aus dem Dschungel und zurück zu dem prachtvollen Hotel, in dem sie wohnten.

Das Hotel war früher der Palast eines Maharadschas gewesen. Er lag an einem großen See und erinnerte die Freunde an ein Märchenschloss aus Tausendundeiner Nacht. Grellweiß strahlten die Mauern, die mit glitzernden Mosaiken und vielen bunten Spitzbogenfenstern versehen waren. Auf dem Dach prangte eine mächtige zwiebelförmige Kuppel und an den Seiten des Gebäudes standen zierliche Türme.

Man betrat das Hotel durch ein sieben Meter hohes grün lackiertes Tor und erreichte nach wenigen Schritten einen wunderschönen Hof. Hier wucherten die schönsten und üppigsten Pflanzen, die die Bande je gesehen hatte, und zwischen den saftigen Blättern waren Tausende Blüten zu bestaunen.

„Mein Computer kann auf seinem Bildschirm 250 000 Farben zeigen“, hatte Dominik überlegt, als er die Blumenpracht erblickt hatte. „Aber hier dürfte es noch mehr Farbtöne geben.“ Wasserbecken und munter plätschernde Springbrunnen sorgten für Kühle. Zwischen den steinernen Becken waren weiß lackierte Holzmöbel aufgestellt, auf denen sich die Hotelgäste gerne niederließen.

Auch die vier Juniordetektive sanken erleichtert in die Kissen der breiten Armsessel und atmeten tief durch. Sie waren völlig erschöpft. Die vergangene Stunde hatte sie mehr geschafft als der fast 18 Stunden lange Flug nach Indien.

Die Knickerbocker-Bande war von Dominiks Onkel Arthur eingeladen worden, mit ihm drei der teuersten und schönsten Hotels des Landes zu testen.

Sie waren schon einmal für den Journalisten tätig gewesen. Damals hatten sie in Japan einen neuen Vergnügungspark besucht und für eine Zeitung darüber berichtet.*

Einige Minuten lang war nur das schnaufende Atmen der Knickerbocker zu hören. Die vier hatten die Köpfe zurückgelegt und starrten zum blauen Himmel hinauf. Zum Glück wuchsen in der Halle auch hohe Palmen, die Schatten spendeten und sie vor den stechenden Strahlen der Sonne schützten. „Was … was sagt ihr zu all dem?“, stieß Axel als Erster hervor.

Schweigen.

„Ich … ich kapiere das nicht!“, gestand Lieselotte schließlich. „Wofür war das alles gut? … Was hat der Tote gesagt und … war er überhaupt tot … ? Ach, ich bin völlig durcheinander!“

Erst jetzt bemerkte Dominik, dass sich ein kleines Stück von ihnen entfernt jemand befand. Es war ein hageres, drahtiges Männchen, das ein langes weißes Tuch wie eine Windelhose um seinen Bauch geschlun-

---

* Siehe Knickerbocker-Abenteuer Nr. 27: „Im Tal der Donnerechsen“.

gen hatte. Ein zweites Tuch hatte er um seine Stirn gewickelt. Der dunkelhäutige Mann trug eine runde Nickelbrille und seine Mundwinkel waren zu einem seltsamen, fast spöttischen Schmunzeln nach oben gezogen.

Der Inder hatte sich allerdings einen höchst unbequemen Platz zum Sitzen ausgesucht. Er hockte auf einem Brett, aus dem Hunderte spitzer Nägel ragten. Wie es der Mann schaffte, ohne Verletzung darauf zu sitzen, war der Bande ein Rätsel. Auf jeden Fall wussten sie, dass es sich bei ihm um einen so genannten Fakir handelte, der noch andere Sachen zu Stande brachte, die jedem gewöhnlichen Menschen ungeheure Schmerzen verursachten. Er war vom Hotel aufgenommen worden, um die Gäste zu erstaunen. Sein Name war Fateh.

Dominik fiel etwas ein. Es war Fateh gewesen, der die Knickerbocker zum Schlangentempel geschickt hatte. Der Mann sprach sieben Sprachen fließend und hatte der Bande geraten, die Ruine zu besichtigen. Er hatte sogar darauf gedrängt, dass sie am Nachmittag hingingen. Angeblich war drei Uhr die beste Zeit. Der Junge sprang auf und hockte sich neben den Fakir. „Fateh … wieso hast du uns zum Schlangentempel geschickt? Du wusstest, dass dort etwas geschieht, nicht wahr?“ Der Inder hörte nicht auf, milde zu lächeln, und hob eine Hand, als wollte er sagen: Vielleicht war es Zufall, vielleicht auch nicht.

Der Rest der Bande gesellte sich zu Dominik und Fateh. „Fateh, dort … dort sollte ein Toter verbrannt werden … aber er wurde lebendig und hat zu den Männern gesprochen, die ihn getragen hatten“, berichtete Dominik. Fateh nickte. „Tod und Leben liegen oft nahe beisammen“, war sein einziger Kommentar. „Und dann hat sich der Holzstapel von allein entzündet und … die Leiche hat sich in Luft aufgelöst!“, erzählte Lieselotte weiter. „Wunder warten überall!“, meinte Fateh dazu. Lieselotte spürte, dass sie den Mann am liebsten an den Schultern packen und schütteln wollte. Seine „weisen“ Sätze brachten sie auf die Palme. Sie ließ es aber bleiben, denn sie wollte nicht, dass sich der Fakir an den spitzen Nägeln doch noch verletzte.

Dominik holte das Diktiergerät heraus und spulte das Tonband ein Stück zurück. „Das hat der Tote gesagt!“ Der Junge startete die Aufzeichnung und hielt den Lautsprecher an Fatehs Ohr. Etwas undeutlich und krachend ertönte die Stimme der gruseligen Erscheinung. „Was … was hat der Tote gesagt?“, wollte Lieselotte wissen.

Fateh suchte kurz nach den richtigen Worten und übersetzte: „Befolgt meine Befehle, sonst werde ich euch aus dem Reich der Toten bestrafen. Ich melde mich. Kennwort Giftkralle.“

Lilo, spinnst du?

Zwei Stunden später saßen die vier Mitglieder der Knickerbocker-Bande auf dem Rücken eines Elefanten und ritten durch das riesige Naturschutzgebiet, dessen Grenze nur ein paar Minuten vom Palasthotel entfernt verlief. „Der späte Nachmittag ist die beste Zeit, um Tiger zu beobachten“, hatte ihnen Onkel Arthur erklärt. „Die Typen von den Farbmagazinen sind wild auf ein paar heiße Tigerfotos und rücken dafür jede Menge Kohle raus. Na ja, ich werde also die gestreiften Riesenkätzchen knipsen. Kommt ihr mit?“ Natürlich sagte die Bande nicht nein.

Nach einer kurzen Fahrt im Jeep hatten sie den Eingang in den Naturpark erreicht. Dort warteten bereits die Elefanten. Sie waren sauber gewaschen und trugen Gestelle aus Holz auf dem Rücken. „Das sind ja richtige Sitzbänke!“, staunte Poppi. Zu ihrer großen Überraschung hatten auf einem einzigen Traggestell alle vier Juniordetektive Platz. Sie saßen, zwei und zwei, mit den Rücken zueinander und hatten eine prachtvolle Aussicht. Über dem Kopf des Elefanten befand sich ein zusätzlicher kleiner Sitz, auf dem der Elefantentreiber saß. Wie ein Busfahrer!, dachte Axel und musste grinsen.

Der Ritt begann. Onkel Arthurs Elefant marschierte voran, der Knickerbocker-Elefant trottete friedlich hinterher. Der Sitz der vier Freunde schwankte bei jedem seiner Schritte. „Ich kann nur hoffen, dass mich die Seekrankheit nicht erfasst!“, meldete Dominik. „Falls schon, dann kotz mir bitte nicht die Jacke voll!“, erwiderte Axel trocken.

Lilo hatte nicht die Nerven, nach Tigern Ausschau zu halten und die saftiggrüne Landschaft zu genießen. Zu viele Gedanken rasten ihr durch den Kopf, und sie musste einige Ideen sofort mit ihren Freunden besprechen. „He, hört her!“, begann sie und drehte sich zu den Jungen. „Da ist etwas im Gange. Es wird bald etwas passieren, hundertprozentig!“

„Das geht uns nichts an“, meinte Axel. „Doch, du Jammerlappen!“, zischte das Superhirn. „Vielleicht ist da etwas Schreckliches geplant, das wir verhindern können. Ich meine, ‚Kennwort Giftkralle‘ klingt nicht gerade nach einem Muttertagsgruß!“

Poppi wollte mit der Sache auch nichts zu tun haben. „Lilo, müssen wir uns in alles einmischen?“, fragte sie zaghaft. Lieselotte verstand ihre Freunde nicht mehr. „He, was ist mit euch los? Habt ihr den Mut in Australien gelassen?“*

„Die Ereignisse der vergangenen Stunden waren eine harte Probe für uns“, erklärte Dominik, der die einfachsten Sachen besonders kompliziert ausdrücken konnte. „Ich habe mir auch fast in die Hose gemacht“, gestand das Superhirn. „Aber kapiert ihr nicht, dass hier eine große Gefahr wie eine Gewitterwolke in der Luft hängt. Vielleicht schaffen wir es, zu verhindern, dass die ersten Blitze zucken!“ Axel verdrehte die Augen: „Hört, hört, Lieselotte wird poetisch!“ Das Oberhaupt der Bande verschränkte wütend die Arme.

---

* Dort hat die Bande ihren letzten Fall gelöst. Siehe Knickerbocker-Abenteuer Nr. 31: „Der Bumerang des Bösen“.

Die Elefanten blieben stehen und die Männer, die sie führten, deuteten mit ihren kurzen Stöcken nach vorn. Unter einem Busch lag ein Tigerweibchen mit drei Jungen. Die Tigermutter war über den Besuch keineswegs erfreut. Sie fauchte ungehalten und zog drohend die Lefzen hoch. „Diese Tigerin sollte man besser nicht stören. Sie ist besonders angriffslustig, weil sie ihre Jungen verteidigen muss!“, erklärte Poppi.

Die Elefanten setzten sich wieder in Bewegung. „Ich habe einige klasse Bilder geschossen!“, rief Onkel Arthur der Bande freudig zu.

Der Ritt wurde fortgesetzt und führte die Safarigäste immer tiefer in den Naturpark.

Interessiert beobachtete Poppi den dunkelhäutigen Inder, der ihren Elefanten „lenkte“. Der Mann ging besonders behutsam mit dem Tier um. Es genügte eine sanfte Berührung mit dem Stab, um dem grauen Riesen anzuzeigen, dass er die Richtung ändern sollte. Ein Klopfen auf die Stirn ließ das Tier anhalten, ein leichter Klaps auf den Schädel veranlasste den Elefanten, sich in Bewegung zu setzen. Die Tierfreundin hatte die Befehle schnell durchschaut.

„Hallo … Mister …“, begann sie, da sie den Elefantenführer etwas fragen wollte. Der Mann drehte sich zu ihr und blickte sie mit seinen schwarzen Augen prüfend an. Es war ein langer Blick, der Poppi fast durchbohrte. „Wie viele Tiger leben hier?“, erkundigte sich das Mädchen. Der Inder verstand sie nicht. Er sagte etwas auf Hindi, worauf Poppi nur ratlos mit den Schultern zucken konnte.

Lieselotte hatte Poppis Versuch beobachtet. Nun saß sie da, klammerte sich mit einer Hand an ihrem Sitz fest und knetete mit der anderen heftigst ihre Nasenspitze. Es war das Gesicht des Mannes, das sie erschreckt hatte. Es war ein besonders schlankes, kantiges und dreieckiges Gesicht, und sie hatte es erst vor kurzem gesehen. Im Schlangentempel! Der Mann war einer der Trauernden gewesen. „Axel ... Dominik ... Poppi ... ich muss euch etwas sagen!“, keuchte das Mädchen. Die anderen hörten zuerst nur mit einem Ohr hin, als Lilo ihre Beobachtung berichtete. „Du spinnst und siehst überall Gespenster!“, lautete Axels Kommentar. „Nein, bestimmt nicht. Dieses Gesicht habe ich mir gemerkt“, versicherte Lieselotte.

Wieder war ein Tiger aufgetaucht. Es handelte sich um ein erwachsenes Männchen, das geduckt durch das hohe Gras strich.

Der Führer von Onkel Arthurs Elefanten hatte angehalten und sich aus seinem Sitz erhoben. Er rief seinem Kollegen etwas zu, und der Mann auf dem Elefanten der Bande antwortete. Danach setzten sich die beiden wieder und starrten vor sich hin. Lieselotte ließ den Mann im Sattel vor ihr nicht aus den Augen und sah, wie er stumm die Lippen bewegte. Er schien etwas aufzusagen. Aber was?

Wie auf ein Kommando bückten sich die beiden Elefantenführer und griffen unter ihre Sitze. Sie rissen an etwas und die vier Juniordetektive spürten einen heftigen Ruck.

Beute der Tiger

Ihre Sitzbänke kippten nach vorn und die vier Knickerbocker stürzten mit einem lauten Schreckensschrei auf die staubige Erde. In derselben Sekunde wurde auch Onkel Arthur abgeworfen. „He … was soll das?“, schimpfte er los und sprang sofort wieder auf die Beine. Er klopfte den Staub aus seinen Klamotten und kontrollierte hastig die beiden Kameras, die er umgehängt hatte. „Ich werde diese Nachlässigkeit in meinem Bericht erwähnen“, drohte er an. Der Reporter pflanzte sich neben dem Elefanten auf und stützte die Hände in die Seite. „He, was ist, würden Sie die Freundlichkeit haben und dem Tier befehlen, dass es in die Knie geht. Ich will wieder aufsteigen. Sofort! Bestimmt habe ich bei dem Sturz zwanzig blaue Flecken abbekommen. Ich werde mich im Hotel bei der Direktion beschweren!“

Als Antwort spuckte der Elefantenführer auf ihn herab und klopfte dem Dickhäuter auf den Kopf. Das Tier setzte sich gehorsam in Bewegung und marschierte los. „He, sind Sie von allen guten Geistern verlassen?“, tobte Onkel Arthur. „Sie können mich doch nicht hier stehen lassen!“

Mittlerweile waren auch die vier Knickerbocker wieder auf den Beinen und taumelten zu Dominiks Onkel. „Das … das haben die absichtlich gemacht!“, schluchzte Poppi und hielt sich das schmerzende Knie. „Die reiten weg und lassen uns hier einfach stehen. Dabei wimmelt es in diesem Gebiet von Tigern!“, schrie Dominik. Axel

sagte gar nichts, sondern rannte dem Elefanten hinterher. Er versuchte an der Seite hochzuspringen und die Fußstütze des Traggestells zu packen. Der Junge schaffte es. Seine Finger legten sich um die dicke Bambusstange und mit einem kraftvollen Klimmzug zog er sich hoch.

Der Elefantenführer bemerkte den unerwünschten Passagier und schlug brutal mit dem Stock auf den Jungen ein. Axel stöhnte vor Schmerz, aber ließ nicht locker. Der Inder wurde immer wütender. Da musste sich der Knickerbocker fallen lassen und zusehen, wie die beiden Elefanten im Trab verschwanden.

Die Bande und Onkel Arthur befanden sich auf einer riesigen Wiese, die von dichtem Urwald umgeben war. Überall zwischen den Gräsern, den Büschen und den Bäumen schienen Gefahren zu lauern.

Langsam wurde der Knickerbocker-Bande bewusst, was ihnen nun bevorstand. „Wi… wi… wir müssen … zurück … zu Fuß!“, stotterte Dominik. „Ach was, ich dachte, du klappst jetzt den Propeller aus deinem Rücken und wir fliegen!“, ätzte Axel. „Spiel dich nicht auf, Zwerg!“, schnauzte Dominik zurück. Mit einem Aufschrei stürzte sich Axel auf seinen Kumpel und riss ihn zu Boden. Keiner durfte Zwerg zu ihm sagen. „Hört auf, ihr Hohlköpfe!“, schimpfte Lieselotte und riss Dominik in die Höhe. Poppi kümmerte sich inzwischen um Axel.

„Kann mir einer erklären, was hier gespielt wird?“, murmelte Onkel Arthur und drängte sich an die vier Freunde. Ängstlich ließ er seine Blicke über den Waldrand streifen. „Jetzt habe ich keine Lust mehr auf Tiger!“, fügte er keuchend hinzu.

„Wir … wir haben zu viel gesehen und wurden dabei beobachtet“, stieß Poppi hervor. „Das ist nun die Strafe.“

„Egal … wir müssen irgendwie durchkommen … aber bestimmt sind es von hier zwei Kilometer bis zum Ausgang des Naturparks. Die müssen wir zurücklegen, ohne angegriffen zu werden.“

„Ich … ich rühre mich von hier nicht weg, bis jemand kommt und mich abholt!“, verkündete der Reporter. „Da wirst du lange warten, Onkel!“, versicherte ihm Dominik. „Diese Kerle haben das absichtlich gemacht und werden keinem Menschen erzählen, dass sie uns hier ausgesetzt haben.“ Lilo dachte den Satz weiter: Sie wollen, dass uns die Tiger zerreißen, und werden dann erzählen, wir hätten trotz ihrer Warnung von den Elefanten absteigen wollen.

Hinter der Bande raschelte es im Gras. Entsetzt drehten sich die vier um und wichen zurück. Höchstens dreißig Meter von ihnen entfernt stand ein riesiger Tiger. Er hatte die Ohren zurückgelegt und schlug unruhig mit dem Schwanz. Mehrere Male leckte er sich genüsslich über das Maul. Sein Anblick war für die fünf wie ein Gefrierschock. Das Blut stockte ihnen in den Adern.

Aber da … wieder ein Rascheln, diesmal von der anderen Seite. Lilo, Axel und Dominik begannen am ganzen Körper zu beben und wagten nicht einmal in die Richtung zu blicken, aus der das Geräusch gekommen war. Onkel Arthur, dem die Haare schweißnass am Kopf klebten, keuchte immer wieder ein „Oh mein Gott! Oh mein Gott!“ Nur Poppi wagte es, nach dem zweiten Tiger Ausschau zu halten. Sie hörte seine schleichenden Schritte durch das hohe Gras, konnte ihn aber nicht sehen.

Das heißt … dort … etwa fünfzig Schritte entfernt bewegten sich die Spitzen der Halme. Die Raubkatze schien einen Kreis um die Bande und den Reporter zu ziehen. Tiger lauern ihrer Beute immer in einem Versteck auf und stürzen sich blitzschnell auf sie, fiel der Tierfreundin ein. Gleich darauf ging ihr aber die zweite Jagdart der Tiger durch den Kopf: „Manchmal schleichen sie sich auch lautlos an!"

Tiger Nummer eins schnaubte und schüttelte heftig den Kopf. Er richtete sich auf und schlug mit der Vorderpranke unwirsch in die Luft. „Blut … ich rieche Blut", stieß Axel hervor. „Du drehst durch!", knurrte Lieselotte zwischen zusammengebissenen Zähnen. Sie hatte große Mühe, halbwegs Ruhe zu bewahren.

Tiger Nummer zwei zog unermüdlich seine Kreise. Poppi entging nicht, dass sich das Tier näherte. Was sollte sie tun? Was sollte sie den anderen sagen? Flucht war unmöglich. Egal in welche Richtung sie sich bewegten, die Tiger würden sie sofort anfallen. Sie waren umzingelt.

Tiger Nummer eins wurde immer unruhiger. Irgendetwas schien ihn sehr zu stören. „Blut … riecht ihr das nicht … ich … ich halte das nicht mehr aus!", presste Axel hervor. Er war bereits käseweiß im Gesicht und über seiner Oberlippe standen Schweißperlen – ein Zeichen dafür, dass er völlig fertig war.

Das Gras begann immer heftiger zu wogen. Der zweite Tiger näherte sich mit großer Geschwindigkeit. Poppi tastete nach Lieselottes nasser Hand und drückte sie heftig.

In diesem Augenblick schoss die Raubkatze in die Höhe und … Poppi konnte nicht einmal mehr schreien. Sie presste die Augen zusammen und wartete nur auf die mächtigen Pranken und Reißzähne, die sie gleich zerfetzen würden.

Aber sie kamen nicht. Der Tiger landete nicht auf seiner Beute.

Poppi öffnete die Augen einen schmalen Spalt und drängte sich noch enger an Lieselotte. Träumte sie? Hatte sie Wahnvorstellungen oder spielten ihr die Augen einen Streich? Das war doch nicht möglich!

Retter in der Not

Vor Poppi stand ein Junge. Er war nur mit einer bunten kurzen Hose bekleidet und lachte. Um die Stirn hatte er ein breites Tuch gebunden, das in denselben Farben gehalten war wie seine Hose. Lässig hingen die Enden über seine nackte Schulter. Über den Rand des Tuches quollen dunkelbraune Locken, die einen richtigen Wuschelkopf bildeten.

Unter dem Arm hielt der Junge ein Tier, das Ähnlichkeit mit einem Wiesel hatte. „Oh, das ist ein Mungo!“, fiel Poppi ein. Dieses Tier ist in Indien heimisch und der beste Schlangenjäger der Welt.

„Gut Abend“, sagte der Bursche und grinste über das ganze Gesicht. Als sie diese Worte hörten, drehten sich auch die anderen überrascht um. „Gut Abend, bitte nicht stören! Zimmer aufräumen!“, plapperte der kleine Inder. „Wer … ist das? Wovon redet er?“, krächzte Onkel Arthur, dessen Kehle staubtrocken war. „Er sagt auf, was auf den Schildchen steht, die an den Zimmertüren hängen!“, stellte Dominik fest.

„Gut Abend!“, wiederholte der Junge. Er zeigte auf sich und auf den Mungo und sagte: „Ich Laru, das Riki Tiki!“ Poppi war die Einzige, die es schaffte zu antworten: „Hallo … bitte … bitte hilf uns!“

Laru nickte heftig. „Bitte nicht stören! Tiger Abendessen!“ Furchtlos marschierte der Bursche an den Knickerbockern vorbei und hob einen Steinwurf weiter etwas vom Boden auf. „Wääää!“, stöhnte Dominik, als er das blutige Stück Fleisch sah. „Tiger Futter. Darin Medizin gegen Kranksein. Wildhüter gelegt!", erklärte Laru und lachte fröhlich.

Poppi hatte verstanden, was er meinte: „Dort ist ein Stück blutiges Fleisch im Gras, das der Wildhüter ausgelegt hat. Darin ist eine Art Medizin oder vielleicht ein Impfstoff. Das wird bei uns auch gemacht. Es gibt zum Beispiel Köder, die für Füchse im Wald angebracht werden. Wenn sie das Zeug fressen, sind sie gegen Tollwut geimpft!"

Axel war jetzt klar, woher der intensive Blutgeruch kam und warum der Tiger so unruhig war. Die fünf Leute standen zu nahe an seinem Abendessen. „Kannst du uns aus dem Park führen?", fragte Poppi. Laru nickte. „Laru guter Führer. Kennt viele Tiere. Tiger lieb, mögen Menschen. Außer wenn sie verletzt und sehr hungrig, dann sie haben Menschen zum Fressen gerne, weil einzige leichte Beute. Laru aber weiß Tricks von Tiger. Ich auch bin besonders guter Schlangenfänger! Fast so gut wie Riki Tiki!"

Der kleine Inder, der kaum zehn Jahre alt sein konnte, schien keine Furcht zu kennen. Er nahm Poppi an der Hand und zog sie mit sich. Die anderen stolperten hinterher. Augenblicklich stürzte sich der Tiger auf das ausgelegte Futter. Er war dankbar, dass er sich für sein Abendessen ausnahmsweise einmal nicht anstrengen musste.

Als die kleine Gruppe unter den grünen Baumkronen verschwand, wollte Dominik sich seine aufgestaute Angst von der Seele reden. Aber Laru legte ihm einen Finger auf den Mund und sagte: „Pssst … keine Wort! Im Dschungel Stille. Sonst vertreibt schöne Tiere oder lockt Tiger an." Die Knickerbocker schwiegen sofort und blickten nur noch zu Boden. Sie wollten genau sehen, wo sie ihre Füße hinsetzten, und auf keine Schlange treten.

Nachdem sie ungefähr 30 Minuten durch den Urwald marschiert waren, bat Dominik um eine kurze Verschnaufpause. Laru war einverstanden. So standen die Juniordetektive, der Reporter und ihr kleiner Dschungelführer gegen einen Baumstamm gelehnt und keuchten vor sich hin. Lilo wandte sich an den Jungen und fragte leise: „Darf ich jetzt reden oder soll ich besser die Klappe halten?“ Laru grinste: „Auto hat Klappe, ich nicht wusste, dass Mensch auch.“ Aber er verstand, was gemeint war, und bedeutete Lilo, dass keine Gefahr bestand. Das Superhirn beschäftigte schon die ganze Zeit etwas: „Was machst du hier im Naturschutzpark?“

„Ich bin gekommen, um zu retten!“, lautete Larus überraschende Antwort. Lieselotte traute ihren Ohren nicht. „Wen oder was zu retten? Uns?“ Laru nickte. „Aber … woher wusstest du, dass uns diese verrückten Elefantenführer aussetzen werden?“ Der Junge riss die Augen weit auf und erklärte: „Weil in Zeitung! Dort gestanden!“ Lilos Verwirrung wurde immer größer. „Was? In der Zeitung stand bereits …“

Laru nickte so heftig, dass die Enden seines Stirnbandes hin- und herflatterten. „Schon, schon, schon! Stand in Zeitung, wie gelehrter Lehrer Kumar gesagt. Sein Befehl an Schüler: Schaut in Zeitung. Dort steht meine Wille, zu schützen euch vor großer Gefahr durch Fremde.“ Lieselotte spürte, wie sich in ihrem Kopf ein großes Chaos breit machte. Wovon redete Laru? Konnte sie diese Geschichte glauben?

Für weitere Fragen blieb keine Zeit. Der Junge

drängte zum Aufbruch. „Bald Sonne sinkt, dann Jagd beginnt. Jagd der Tiere. Jagen alles, was bewegt sich." Diese Worte wirkten wie ein Zauberspruch. Müdigkeit und Erschöpfung waren wie weggeblasen. Flink und ohne Jammern schlichen sie dicht hinter Laru weiter.

Nach ungefähr einer Viertelstunde tauchten zwischen den Bäumen zwei Elefanten auf. „Das … sind unsere Elefanten. Sie haben die Traggestelle noch auf dem Rücken!", wisperte Poppi. Axel hob den Kopf und versuchte mehr zu erkennen. Er fürchtete, dass die beiden Elefantenführer nicht weit waren.

Laru gab den Juniordetektiven ein Zeichen zu warten und schlich, ohne nur das leiseste Geräusch zu verursachen, durch das Buschwerk und über die zahlreichen abgebrochenen Äste, die auf dem Boden lagen. „Keiner da … Elefanten allein!", meldete er bei seiner Rückkehr. „Wir können reiten weiter."

Der Inder klopfte den Elefanten gegen die Beine, worauf diese sich niederknieten und die vier Freunde und Onkel Arthur mit vereinter Hilfe aufsteigen konnten. Laru musste laut lachen, weil sich die Europäer dabei nicht gerade sehr geschickt anstellten. Da der Junge aber nur einen Elefanten leiten konnte, übernahm Poppi diese Aufgabe beim zweiten Tier. Sie hockte über dem Nacken des Dickhäuters und versuchte sich genau zu erinnern, wie mit dem Stöckchen die Befehle gegeben wurden. Es machte sie sehr stolz, dass der Elefant sich tatsächlich gehorsam in Bewegung setzte und immer in die Richtung marschierte, die sie ihm anzeigte.

Lieselotte saß hinter Laru. Sie versuchte ein wenig Ordnung in ihre Gedanken zu bringen. „Miss, da … da …!", sagte der Inder und streckte dem Superhirn eine zerknitterte Zeitung entgegen. Das Papier war billig und grau. Lilo konnte kein Wort verstehen, da die Zeitung in indischen Schriftzeichen gedruckt war.

Trotzdem war klar, dass eine bestimmte Seite aufgeschlagen war, und an der Form des Textes konnte Lieselotte erkennen, dass es sich um Anzeigen und Kleininserate handelte. Laru deutete auf eine bestimmte Stelle und sagte: „Da … hier steht … Mach Unglück in Naturpark. Erkennungswort … giftiger Zehenzahn!" Das Superhirn runzelte die Stirn. „Zehenzahn? Was soll das sein?" Dominik, der zugehört hatte, wusste es sofort: „Ein Zehenzahn kann nur eine Kralle sein!" Lilo übersetzte: „Kennwort Giftkralle".

Wie auf einem Computerausdruck tauchten in Lieselottes Kopf nun Fragen auf: „Wer ist dieser Lehrer? Wieso hat er den Befehl gegeben, Unglück zu verursachen? Weshalb weiß Laru Bescheid? Warum greift er ein? Und was soll diese ‚Aktion Giftkralle'? Handelt es sich um eine Verschwörung … oder was?" Schon lange war Lilo nicht mehr so ratlos gewesen. „Und glaubt ihr mir jetzt, dass diese Giftkrallen-Sache ein Fall für uns sein könnte?" Etwas widerwillig nickten die Jungen. Es ärgerte sie, dass Lilo schon wieder einmal Recht behalten hatte …

Schwarze Gäste in der Nacht

„He, Axel, kannst du endlich aufhören, mit deiner Uhr zu spielen!“, fuhr das Superhirn ihren Kumpel an. Die Knickerbocker-Bande hatte sich im Wohnraum der riesigen Suite versammelt, die sie im Palasthotel bewohnte. Hier fühlten sie sich wie Maharadschas. Allein der Wohnraum hatte die Größe eines Turnsaales und die Pracht eines Märchenschlosses. Im Boden war ein großer Springbrunnen eingelassen, der leise vor sich hin plätscherte, und von der Decke hingen riesige Fächer, die auf Wunsch von Dienern per Seilzug bewegt wurden, um den Gästen Kühlung zu verschaffen.

Die Wände des Raumes waren mit glitzernden Mosaiken besetzt und mit kunstvoll geschwungenen goldenen Gittern verziert. Dicke, weiche Kissen lagen als Sitzgelegenheiten auf dem Boden, und wer sich darauf niederließ, hatte immer eine goldene Schale in Reichweite, die mit frischen Früchten gefüllt war.

Am Ende des großen Raumes befanden sich sieben hohe Bogentüren, durch die man direkt auf den See hinausblicken konnte, in dem sich um diese Zeit der Mond spiegelte.

Allerdings war das Prunkzimmer auch mit zahlreichen modernen Dingen ausgestattet, die alle mit einer Fernbedienung gesteuert werden konnten. Axel hatte von seinem Vater kurz vor seiner Abreise eine neue Armbanduhr geschenkt bekommen, die ebenfalls eine Fernsteuerung eingebaut hatte. Per Knopfdruck konnte er damit das Fernsehgerät aus seinem Versteck in der

Wand fahren lassen, die kunstvoll versteckten Glühbirnen ein- und ausschalten oder die Klimaanlage in Betrieb setzen.

Lieselotte nervte es sehr, dass ihr Kumpel ständig auf seiner Uhr herumtippte. Es gab Wichtiges zu besprechen. „Laru hat mir einiges erzählt und erklärt", sagte sie zu den anderen, die völlig erschöpft auf den Kissen lagen. „Passt auf: Der Tote ist ein Lehrer namens Kumar, der in der Nähe eine kleine Schule hatte. Es handelt sich um eine Schule für besonders begabte junge Leute. Auch Laru war schon einige Male dort, aber er hat keine Lust, dort regelmäßig mehrere Stunden zu verbringen."

„Ich kann ihn verstehen!", brummte Axel und gähnte. Zum Spaß ließ er wieder per Knopfdruck ein Licht aufflackern und erntete dafür einen wütenden Blick von Lieselotte.

„Der Lehrer, der von allen sehr verehrt wurde, ist gestern völlig unerwartet gestorben. Er hat einen Brief an seine mittlerweile erwachsenen Lieblingsschüler hinterlassen und darin einiges angeordnet: Lehrer Kumar wollte im Schlangentempel verbrannt werden und hatte verfügt, dass nur ganz bestimmte Schüler ihn auf seinem letzten Weg begleiten sollten. Auch Laru hatte eine Aufgabe bekommen, weil er doch ein geschickter Schlangenfänger ist. Deshalb sollte er im Tempel einige der Tierchen bereithalten und am Ende der Zeremonie loslassen, falls sich nicht alle Trauergäste entfernten."

„Er hat gute Arbeit geleistet!", stellte Axel fest. Lilo nickte. „Diese fliegenden Schlangen sind Schmuckbaumschlangen, die normalerweise nach Vögeln jagen. Laru hat sie in dem Mauerloch versteckt und auf der anderen Seite des Tempels mit Federbüscheln gereizt. Die hungrigen Tiere sind durch die Luft gesaust und haben Jagd auf die angeblichen Vögel gemacht. Na ja, und die Kettenviper war die letzte Warnung."

Poppi kaute vor Aufregung an ihren Fingernägeln. „Jaja, aber ... aber ... kann er sich erklären, wieso der Lehrer wieder lebendig geworden ist?" Lieselotte schüttelte den Kopf. „Nein, aber Laru bringt nichts aus der Fassung. Er bleibt immer cool und meint, dass dem alten Lehrer eine solche Aktion durchaus zuzutrauen ist."

Dominik hatte die wichtigste Frage: „Aber was hat es mit dieser Giftkralle auf sich?" Lilo schnaubte. „Haltet euch fest: Der Verstorbene hat seine Schüler vor einer großen Gefahr gewarnt. Hier soll eine Chemiefabrik errichtet werden, die Gift für Waffen herstellt. Das bedeutet natürlich eine große Gefahr für alle Bewohner. Den Menschen wird jedoch vorgelogen, es handle sich um harmlose kosmetische Produkte. In Wirklichkeit geht es um die schrecklichsten Bomben überhaupt. Aber Kumar hatte einen Plan, um die Errichtung dieser Fabrik zu verhindern. Leider musste er zu früh sterben, und deshalb sollen seine besten Schüler den Plan ausführen. Er wird ihnen aus dem Totenreich verkünden, welche Schritte sie unternehmen sollen. In der Zeitung erscheinen Anzeigen mit seinen Befehlen. Alle sind mit dem Kennwort ‚Giftkralle' gekennzeichnet." Lilo bearbeitete ihre Nasenspitze.

Axel war das zu viel. Um sich abzulenken, spielte er an seiner Uhr herum und ließ den Fernsehapparat immer wieder aus der Mauernische rollen.

„Jetzt mach endlich Pause!", tobte Lilo genervt. Axel

wollte ihr eine patzige Antwort geben, ließ es aber bleiben. Sie waren alle völlig fertig und Streit hatte keinen Sinn.

Um sich zu beruhigen, trat der Junge zu den Bogentüren und blickte hinaus auf den See. Das Wasser war spiegelglatt und schwarz. Es war zehn Uhr in der Nacht und völlig windstill. Nichts bewegte sich auf dem See. Leider brachte auch die Dunkelheit kaum Abkühlung, und trotz der großen Müdigkeit war an Schlaf nicht zu denken.

Was war das? Axel hob den Kopf und riss die Augen weit auf. Ein Boot kam über den See geglitten. Dem Jungen fiel auf, dass die Leute darin nicht saßen, sondern standen. Es war zu dunkel, um jede Kleinigkeit zu erkennen, aber die späten Besucher schienen alle schwarz gekleidet zu sein, trugen eine Art Rock, der wie eine Pumphose aussah, einen Brustpanzer aus hartem Material und einen Turban, der so gewickelt war, dass nur die Augen frei blieben.

Am meisten erschreckte Axel aber die Handhaltung der Unbekannten. Sie hatten um jede Hand ein Ende eines dünnen Seiles geschlungen, das sie immer wieder drohend spannten. Sie taten das im Takt, und Axel wusste sofort, woran ihn das Seil erinnerte: Das war ein Würgestrick. Er hatte so etwas schon einmal in einem Film gesehen. Der Täter schleicht sich lautlos von hinten an, stürzt auf sein Opfer und schlingt ihm den Strick um den Hals. Dann zieht er zu und …

„Leute … da kommen … Killer in einem Boot“, keuchte er. Lieselotte, Poppi und Dominik erhoben sich und eilten zu ihm. Sie sahen gerade noch, wie aus dem Boot fünf Leute an Land stiegen. In einem genauen

Rhythmus spannten sie die seidenen Stricke, während sie im Gleichschritt auf den Palast zumarschierten.

„Türen zu, alle Türen zu!“, stieß Dominik hervor. Axel spürte, dass der große Moment für seine Uhr gekommen war. Auch die Zimmertüren konnten per Fernsteuerung verriegelt oder geöffnet werden. Er drückte den kleinen Fernsteuerungsknopf unter der Zeitanzeige und … in der Suite erloschen alle Lichter.

„Idiot!“, zischte Lieselotte. Axel tippte wie verrückt auf den winzigen Tasten herum, aber nichts tat sich. Dominik ließ sich auf alle viere nieder und krabbelte über den Boden. Er wusste, dass die richtige Fernsteuerung hier irgendwo herumlag und tastete mit den Händen nach ihr. Da … da war sie. Er betätigte die Schalter, aber es blieb trotzdem finster.

Poppi, die noch immer an den Bogentüren stand, erkannte als Erste, was los war. „Der Strom ist ausgefallen. Im ganzen Hotel brennt kein Licht mehr!“ Lieselotte holte laut Luft. Das bedeutete auch, dass alle Türen entriegelt waren …

Die seidene Schnur

Der riesige Palast lag in völliger Dunkelheit da. Aber auch auf dem Ufer zum See, wo unter Büschen versteckt kleine Lampen gebrannt hatten, herrschte absolute Finsternis. Einige Sekunden lang schienen alle wie erstarrt. Keine Schritte, keine Schreie - nichts war zu hören.

„Das … das ist ein geplanter Überfall … die Würger mit den seidenen Todesschnüren kommen und schleichen sich jetzt in der Finsternis an“, keuchte Dominik. „Klappe zu! Sonst drehen wir alle sofort durch!“, kommandierte Lieselotte. „Ruhe bewahren! Ruhe bewahren! Wir müssen klar denken. Wir dürfen jetzt nicht in Panik geraten.“ Das war allerdings leichter gesagt als getan. Selbst Lieselotte spürte, dass die Erschöpfung und der neuerliche Schreck ihre Gehirnwindungen zu lähmen begannen.

„Taschenlampen!“, fiel Axel ein. „Wir brauchen unsere Taschenlampen.“ Die lagen in den beiden Schlafräumen der Bande, die links und rechts des großen Wohnzimmers angeordnet waren. „Axel und Dominik, ihr holt sie. Poppi und ich, wir schließen die Läden vor den Gartentüren.“ Die Suite der Bande befand sich im Erdgeschoss: Falls die schwarzen Gestalten an der Außenwand des Palastes entlangschleichen sollten, konnten sie bequem herein. Nein, so einfach sollten sie es nicht haben!

Mit zitternden, feuchten Fingern zogen die Mädchen die hölzernen Türen zu und legten die altmodischen

Riegel vor. Nicht alles in den Luxuszimmern war modernisiert worden, wie ihnen nun auffiel.

In der Zwischenzeit tappten die Jungen in die beiden Schlafzimmer und kramten dort in den herumliegenden Klamotten nach den Taschenlampen. Triumphierend kehrten Axel und Dominik zurück. Jetzt hatten sie wenigstens Licht, und das beruhigte sie ein wenig.

„Pssst, hört mal!“, flüsterte Lieselotte. Überall im Palast begannen die Diener aufgeregt durch die Gänge zu rennen. Stimmen wurden laut und einige Gäste riefen ungehalten, wo denn der Strom bleibe. Lieselotte versuchte sich in die schwarzen Gestalten hineinzudenken. Hatten sie das beabsichtigt? Wollten sie das Chaos? Die Antwort lautete: ja. In dem Durcheinander konnten sie im Schutz der Dunkelheit in das Hotel eindringen und unbemerkt ihren schrecklichen Plan durchführen.

„Diese Typen müssen hier einen Komplizen haben, der den Strom abgeschaltet hat“, stellte Axel fest. Lilo wurde unruhig. Halt, da war etwas unlogisch! Wenn die schwarzen Würger unbemerkt eindringen wollten, wieso kamen sie dann so auffällig und für jeden gut sichtbar über den See gerudert?

„Wir müssen beisammen bleiben!“, sagte das Superhirn zu ihren Freunden. Die vier drängten sich dicht aneinander und atmeten schwer. „Sollen wir nicht besser versuchen, in die große Empfangshalle zu gelangen?“, fragte Dominik leise. Lilo überlegte.

Einige Minuten lang verharrten die Juniordetektive regungslos. Sie standen an der Wand und spürten die Kühle des metallenen Ziergitters an ihren Rücken. Aus einiger Entfernung kam ein lang gezogener, schriller

Schrei einer Frau, der plötzlich abriss und verstummte. Poppi packte Lilos Hand und drückte sie fest. Das Mädchen bebte am ganzen Körper und spürte, wie sich eisige Kälte in ihm breit machte. Trotz der Schwüle der Nacht begann es zu frieren.

Wieder ein Schrei. Diesmal von einem Mann. Auch er war von Todesangst erfüllt. Jetzt packte Axel die Panik und er krallte sich an Lieselottes T-Shirt fest. Dominik drängte noch näher an seine Freunde und starrte in die Lichtkreise der Taschenlampen. Die Mitglieder der Bande leuchteten alle auf die Eingangstür ihrer Suite und rangen nach Luft. Ihnen war klar, wie machtlos sie waren. Was sollten sie tun, wenn einer der schwarzen Würger bei ihnen auftauchte?

„Taschenlampen aus!“, befahl Lieselotte, die Mühe hatte, die Worte aus dem Mund zu bringen. Ihre Kehle war wie abgeschnürt. „Warum?“, keuchte Dominik. „Weil uns das Licht verraten kann. Falls einer der Würger auftaucht, dann … dann leuchten wir ihn alle gleichzeitig an, um ihn zu blenden. Kapiert? Aber nur auf mein Kommando!“

Die Idee klang nicht schlecht, beruhigte die Bandenmitglieder aber keineswegs. Trotzdem schalteten sie die Taschenlampen aus.

Der dritte Schrei schallte durch den Palast. Wieder kam er von einer Frau, und abermals war er lang gezogen und schauerlich anzuhören. Er ging den vier Freunden durch Mark und Bein.

Dominik leckte sich immer wieder über die Lippen. Ihm war etwas aufgefallen. „Du, Lilo“, raunte er dem Superhirn ins Ohr. „Du, Lilo … du …!“ Lieselotte klapperte vor Angst fast mit den Zähnen. „Ja, was?“, schnauzte sie unwirsch und völlig genervt. „Lilo … die Schreie … die Leute … die werden nicht gewürgt … sonst könnten sie nicht schreien“, erklärte Dominik stammelnd. Lieselotte stieß etwas hervor, das wie „Stimmt!“, klang. Sie hoffte mit allen Fasern ihres Herzens, dass endlich jemand den Sicherungskasten finden und den Stromausfall beheben solle. Wann wurde es wieder Licht? Lilo war klar, dass die schwarzen Würger sich nur in der Dunkelheit ungehindert im Hotel bewegen konnten. „Licht, bitte Licht!“, flehte sie in Gedanken, aber ihr Wunsch wurde nicht erhört.

Da ertönte ein scharfes Klicken an der Zimmertür. Jeder der vier Knickerbocker kannte es genau. So klang es, wenn der Messingtürknauf gedreht wurde, der die Form eines Tigerkopfes hatte. Es war jemand an der Tür und wollte herein. Sollte die Bande das nächste Opfer sein?

Der Eindringling

Langsam, Millimeter für Millimeter wurde die Zimmertür geöffnet. Aus den Angeln drang ein leises, hohes Quietschen. Die Herzen der Knickerbocker-Freunde setzten aus.

Rund um sie herrschte Finsternis. Sie konnten den Eindringling nur an den Geräuschen orten, die er verursachte, und das waren sehr, sehr wenige. Fast lautlos betrat jemand den Raum und schloss die Tür hinter sich. Das leise, weiche Klick verriet der Bande, dass es so war.

Onkel Arthur, vielleicht ist das er!, schoss es Dominik durch den Kopf. Er überlegte nicht lange, sondern keuchte heiser: „Onkel Arthur?“ Lieselotte rammte ihm sofort den Ellbogen in die Seite, aber es war zu spät. Der Eindringling wusste jetzt, wo sich seine Opfer befanden.

Er gab keine Antwort.

Er war nicht Onkel Arthur.

Er hatte einen Auftrag, und den wollte er ausführen.

Lilo überlegte, ob sie versuchen sollten, ihn zu blenden. Aber dazu hätte sie den anderen mehrere Anweisungen geben müssen, und jedes Wort war gefährlich.

Außerdem hatte sie keine Ahnung, wo genau sich der Mann mit dem seidenen Strick befand. Er konnte bereits ein paar Meter weiter geschlichen sein, ohne dass sie davon etwas bemerkt hatten. Vielleicht war er nur noch wenige Schritte entfernt, bereit, sich auf einen von ihnen zu stürzen?

Angespannte Stille.

Dominik hielt es nicht länger aus und atmete keuchend ein. Augenblicklich ertönte ein Angriffsschrei und der Eindringling warf sich auf die Juniordetektive. Die vier brachten keinen Ton hervor, sondern rannten nur in Panik auseinander. Lieselotte knipste ihre Taschenlampe an und versuchte mit zitternder Hand den Strahl auf den Würger zu lenken. Sie streifte tatsächlich mit dem Lichtkegel die schwarzen Ränder seines Rocks und bewegte die Lampe, bis der Lichtstrahl den gewickelten Turban erreichte. Zwischen dem Stoffstreifen über der Stirn und dem Stoff über der Nase war nur ein winziger Spalt für die Augen frei. Das Superhirn richtete den Strahl auf den Spalt, und der Unbekannte wendete geblendet den Kopf ab. In der nächsten Sekunde stieß er einen Fluch aus und hechtete auf Lilo zu. Das Mädchen schrie auf und versuchte auszuweichen. Dabei verlor es die Taschenlampe, die zu Boden fiel und auf den Springbrunnen zurollte. Der schwache Lichtschein genügte, um den anderen zu zeigen, was der schwarze Eindringling tat. Er wickelte gerade die Enden der seidenen Schnur fest um seine Hände und spannte sie mehrere Male, sodass sie leise schnalzte. Gebückt und gelenkig wie eine Schlange bewegte er sich durch den Raum und versuchte einen der vier zu erwischen. Er hatte etwas von einem Tiger an sich, der auch erst losspringt, wenn er sich seiner Beute ganz sicher ist.

Angsterfüllt waren die vier Mitglieder der Bande auf allen vieren so weit wie möglich nach außen gekrabbelt, bis sie gegen die Wände stießen. Sie waren jetzt weit voneinander entfernt und konnten einander keine Zeichen geben.

Lautlos schlich der schwarze Mann durch den Raum. Nur sehr verschwommen waren seine Umrisse im schwachen Schein von Lilos Taschenlampe zu erkennen. Der Würger schien zu ahnen, dass sich in der Mitte des Zimmers verschiedene Hindernisse befanden. Er blieb in der Nähe der Wand und hatte die Hände zur Seite gestreckt. Geschickt ertastete er so seinen Weg.

Durch die Lamellen der Türläden fielen von draußen feine Lichtstreifen in den Raum. Der Strom war eingeschaltet worden, und die Beleuchtung am Seeufer brannte wieder.

Dominik spürte einen feurigen Stich in der Magengegend. Der Würger steuerte auf ihn zu. Raus … ich muss raus!, zuckte es dem Jungen durch den Kopf. Quatsch, nicht möglich. Die Mädchen haben alles verriegelt. Bis ich eines der altmodischen Dinger aufkriege, hat mich der Irre längst erwürgt.

Der Angreifer in Schwarz kam Schritt für Schritt näher. Er schien den hockenden Jungen erspäht und als Opfer ausgewählt zu haben. Mit einer ruckartigen Bewegung packte er die Schnur noch fester.

Dominiks Körper war eine einzige Wunde. Die Ausweglosigkeit umgab ihn wie ein luftleerer Raum. Er konnte nur noch sein Ende abwarten.

Plötzlich und völlig unerwartet geschah es dann. Aus der Wand sauste der kleine Wagen, auf dem das Fernsehgerät stand, und traf den Würger in die Seite. Der Stoß war bestimmt nicht sehr hart, aber er kam so überraschend, dass der Mann aufschrie und entsetzt zusammenzuckte. Sein Auftrag war vergessen, und er trat so schnell er konnte die Flucht an. Er war so aufgelöst, dass er nicht darauf achtete, wohin er trat, und platschte voll in das Wasserbecken, stieß eine Obstschüssel um, rutschte auf einer Banane aus, rappelte sich hoch, riss die Läden einer der Türen auf und flüchtete aus dem Zimmer ins Freie.

In der nächsten Sekunde flammte über den Köpfen der Knickerbocker das Licht wieder an. Gleich darauf klickten die Verschlüsse der Türen. Axel hockte zusammengekauert in einer Ecke und tippte wild auf seiner Uhr herum. „Der Strom … zum Glück ist er wieder eingeschaltet worden!“, flüsterte er. Laut sprechen konnte er nicht. „Hast du … den Fernseher ausgelöst?“, fragte Dominik. Axel nickte. „Draußen … war Licht … da dachte ich mir … der Strom ist wieder da … aber … aber … bei ferngesteuerten Sachen muss man alles von neuem … ich habe getippt und den Fernsehwagen ausfahren lassen und … den Typen getroffen!“ Dominik ließ sich schnaufend auf den Rücken sinken und blieb ausgestreckt liegen. Diesen Schrecken musste er erst einmal verdauen.

Im Hotel begann es unruhig zu werden. Lieselotte trat an die Tür, durch die der Eindringling das Weite gesucht hatte, und sah, wie die schwarz vermummten Würger mit ihrem Boot flohen. Diesmal standen sie nicht mehr stolz und aufrecht, sondern knieten und paddelten, so schnell sie konnten. Wie ein Pfeil glitt das schmale Boot in der Dunkelheit davon.

Die vier Juniordetektive atmeten einige Minuten kräftig durch und sagten nichts. „Ich glaube … diese Angriffe gelten uns!“, vermutete Lieselotte. „Aber … aber … wir haben doch nichts mit dieser Waffenfabrik zu tun. Nein, du irrst dich!“, widersprach Axel. „Dann … dann … erkläre du mir, warum wir an einem einzi-

gen Tag zuerst diese fürchterliche Verbrennung miterleben, dann in der Wildnis den Tigern vorgeworfen werden und schließlich von schwarzen Männern erwürgt werden sollen."

Natürlich hatte Axel keine Erklärung dafür. Doch ein Verdacht wollte ihm nicht mehr aus dem Kopf. Angefangen hatte alles mit Fateh, dem Fakir. Er hatte die Bande zum Schlangentempel geschickt. Ihm hatten die vier auch von ihren Abenteuern berichtet. Hatte der Mann einen Hintergedanken verfolgt? Benutzte er die Knickerbocker für etwas? Wenn ja, wofür? „Auch wenn ich mir vor Angst fast in die Hose mache, ich lasse jetzt nicht locker. Ich will wissen, was los ist. Die Geschichte, die Laru erzählt hat, glaube ich nicht. Da ist etwas anderes im Gange. Etwas völlig anderes. Und wir werden herausfinden, was es ist!", schwor Lieselotte.

Die anderen erfüllte dieses Versprechen mit Angst. Sie schienen in ihren gefährlichsten Fall geraten zu sein. Wie würde alles weitergehen?

Skorpione zum Frühstück

In der Nacht wurde den Gästen des luxuriösen Hotels ein Beruhigungstee gereicht. Niemand war verletzt worden. Die Eindringlinge hatten offenbar nur Angst und Schrecken verbreiten wollen. Der Grund war keinem klar.

Die Leitung des Hotels schickte die aufgebrachten Urlauber wieder in ihre Zimmer und stellte vor jeder Tür eine Wache auf. Bewacher patrouillierten auch am Ufer des Sees und auf der Parkseite. Die Gäste sollten sich wieder sicher fühlen.

Axel, Lilo, Poppi und Dominik beschlossen auf dem Boden des mittleren, großen Raumes zu schlafen. Sie wollten beisammenbleiben, falls doch noch etwas geschehen sollte.

Aber glücklicherweise verlief der Rest der Nacht völlig ruhig. Erst als die Sonne schon wieder hoch am Himmel stand und herabglühte, erwachten die Juniordetektive. Es dauerte eine Weile, bis sie es tatsächlich schafften, die Augen zu öffnen und sich an das Tageslicht zu gewöhnen. Ihre Arme und Beine waren wie Blei. In ihren Köpfen dröhnte es. Sie hatten das Gefühl, als wären sie in der Nacht mit schweren Holzprügeln bewusstlos geschlagen worden.

Das Frühstück gab es in einem Prachtsaal hinter dem großen Hof beim Eingang. Auf einer langen Tafel war ein riesiges Büfett aufgebaut, das alle Köstlichkeiten bot, die man sich nur vorstellen konnte. Zu ihrer großen Überraschung stellten die vier Freunde fest, dass sie sehr hungrig waren, und sie begannen kräftig zuzuschlagen.

An diesem Tag waren alle Gäste erst ziemlich spät zum Frühstück erschienen. Während sie Mangos und Melonen knabberte, beobachtete Poppi etwas Seltsames. Einige Leute waren fertig und wollten den Saal wieder verlassen. Doch beim Ausgang stand ein Hotelangestellter und bat sie zu bleiben. Was sollte das?

Poppi berichtete den anderen davon, die sich das aber auch nicht erklären konnten. Der Grund wurde einige Minuten später klar, als ein riesiger Gong geschlagen wurde, der sich am Ende der Halle befand. Er war neben einer hohen, kirschrot lackierten und mit Goldschmiedearbeiten verzierten Tür aufgebaut.

Auf Englisch, Französisch, Italienisch und Deutsch verkündete der Bursche die Ankunft eines Maharadschas. Die Knickerbocker-Freunde blickten einander erstaunt an.

Der Mann am Gong ersuchte die Gäste sich zu erheben. Onkel Arthur beugte sich zu seinem Neffen Dominik und raunte ihm ins Ohr: „Zu dieser hohen Ehre kommt man als Gast dieses Hauses nur höchst selten. Der Maharadscha ist der Besitzer dieses Palastes und lebt in den oberen Stockwerken. Er zeigt sich normalerweise den Besuchern nicht. Ich habe gelesen, dass er noch immer wie ein Herrscher von einst lebt und das Land rund um seinen Palast wie in alten Zeiten regiert."

Dominik fühlte sich um mindestens hundert Jahre in die Vergangenheit versetzt, als die rote Tür von zwei weiß gekleideten Jungen geöffnet wurde und der Maharadscha die Halle betrat. Er war mit einer purpurroten Hose und einer fast knielangen bestickten Jacke in derselben Farbe bekleidet. Poppi stellte mit Kennerblick fest, dass der Anzug aus teurer Naturseide gefertigt war.

Um den Bauch hatte der Mann eine blaue Schärpe geschlungen. Seine Haltung war aufrecht, stolz und gebieterisch. Das bärtige Gesicht wurde von kurz geschnittenen, schwarzen Haaren umrahmt und wirkte kalt, abweisend und streng. Der Maharadscha schien zu jenen Menschen zu gehören, denen man niemals widersprechen durfte.

Hinter ihm folgten zwei Frauen in indischen Saris. Diese Gewänder bestehen aus einem engen Kleid, das sehr europäisch wirkt, und aus einer langen, fließenden Stoffbahn, die um Körper, Kopf und Arme geschlungen ist. Obwohl der größte Teil der Gesichter verdeckt war, konnte jeder erkennen, dass eine der Frauen älter als die andere war.

Als der Herrscher zu sprechen begann, übersetzte der Mitarbeiter des Hotels: „Ich bin über den Vorfall in der vergangenen Nacht tief erschüttert und entsetzt. Es ist mir bis jetzt keine Erklärung dafür bekannt geworden. Da die Verbrecher auch in meine Gemächer und in die Kammern meiner Frau und meiner Tochter vorgedrungen sind, könnte der Überfall meiner Familie gegolten haben.“ Ein bedauerndes Raunen ging durch den Saal.

„Doch besteht auch die Möglichkeit, dass sich jemand unter Ihnen befindet, der das Böse anzieht und verdient. Wenn dem so ist, soll derjenige es erkennen und mein Haus verlassen!“ Betroffenes Schweigen. „Meine Leute werden für Ihre Sicherheit sorgen!“

Grußlos drehte sich der Maharadscha um und verschwand wieder.

„Komischer Kerl", stellte Dominik fest. Lieselotte hatte einen anderen Gedanken. „Wir müssen mit ihm reden. Vielleicht will er diese Chemiewaffen-Fabrik errichten. Dann können wir ihm den Grund für den Überfall sagen." Axel lachte auf. „Du glaubst doch nicht im Ernst, dass wir zu diesem aufgeblasenen Heini vorgelassen werden."

„Help! Heeeeeeeeelp!", kreischte eine Frau, die sich gerade am Büfett bediente. Da kein Diener in der Nähe stand, hatte sie selbst Saft aus einem Tonkrug in ihr Glas schütten wollen. Statt des Getränks waren allerdings mehrere schwarze Skorpione aus dem Gefäß gefallen, die nun über die weiße Decke krochen und drohend den Giftstachel schwenkten.

Die Frau taumelte zurück und warf sich ihrem Mann an den Hals. Dieser versuchte sie zu beruhigen, aber es war unmöglich. Auch die anderen Frühstücksgäste waren aufgesprungen und starrten zu Tode erschrocken zu der langen Tafel mit den kunstvoll angerichteten Leckereien.

„Schlangen … dort … Schlangen!", schrie ein anderer Urlauber. Zwischen zwei Tellern mit Datteln waren plötzlich mehrere grün schillernde Nattern zum Vorschein gekommen, die ziemlich verwirrt über den Tisch glitten.

Ein Schrecken folgte dem anderen. Schwarze Käfer krabbelten über die Eierkuchen, Würmer bohrten ihre Köpfe aus dem Käse.

Würgend stürzten die ersten Leute aus dem Saal. Ihnen war der Appetit vergangen. „Ich … ich verspüre keinen Hunger mehr!“, erklärte Dominik. Seinen Kumpeln erging es nicht anders.

Die Knickerbocker-Bande lief über den Innenhof unter die hohe Kuppel, wo sich der Empfang des Hotels befand. „Bitte, wir müssen mit dem Maharadscha reden!“, sagte Lieselotte zu dem Mann hinter der Theke. Dieser lächelte milde und gütig, als würde ein bekopptes Kind zu ihm sprechen. Er nahm Lilo nicht ernst. „Wir haben ihm eine wichtige Mitteilung zu machen!“, unterstrich das Mädchen seine Forderung. „Es geht um den Überfall letzte Nacht!“

Erst jetzt bequemte sich der Empfangschef zu einer Antwort: „Falls ihr zu Schaden gekommen sein solltet, wird der Sicherheitsdienst das aufnehmen und euch entschädigen.“ Das Superhirn schnaubte ungeduldig. „Nein, wir wissen vielleicht mehr über den Überfall und die Skorpione beim Frühstück und den Unfall, den wir gestern im Naturschutzpark hatten.“

Onkel Arthur hatte ihnen am Abend noch berichtet, dass die echten Elefantenführer gefesselt in ihrem Aufenthaltshäuschen gefunden worden waren. Die Männer, die sie ausgesetzt hatten, waren Fremde gewesen.

Der Mann an der Rezeption trommelte mit den Fingern auf die Holzplatte. Seine Höflichkeit verbot ihm, die Bande fortzuscheuchen. „He, da ist Laru!“, sagte Dominik und zeigte auf den Jungen, der mit seinem Mungo im Arm durch den Hof eilte. „Laru, komm her! Der Typ glaubt uns nicht, was du gestern erzählt hast!“, rief Lieselotte dem kleinen Schlangenfänger zu.

Gehorsam näherte sich der Junge den vier Freunden und verneigte sich. „Ich? Erzählt? Laru euch nur gezeigt Riki Tiki“, antwortete er und hielt den Mungo in die

Höhe. Mit einem entschuldigenden Lächeln huschte er in Richtung Speisesaal. Wahrscheinlich sollte er dort die Schlangen fangen.

Was war plötzlich in den Jungen gefahren? Wieso log er?

Gefangen!

Den Rest des Vormittags verbrachte die Knickerbocker-Bande an dem gerade erst angelegten Swimmingpool, der die Form eines Teiches hatte. Er war mit viel Geld an der Ostseite des Palastes für die Gäste gebaut worden.

Müde und noch immer ziemlich erschöpft dösten die vier vor sich hin. Sie hatten versucht mit Laru ins Gespräch zu kommen, aber es war unmöglich gewesen. Der Junge hatte allem Anschein nach beschlossen ihnen auszuweichen. Fateh, der Fakir, war ebenfalls verschwunden. Niemand wusste, wo er zu finden sein könnte. Er besaß weder Haus noch Familie.

Am Nachmittag, als die Hitze ein wenig nachließ, fasste Lilo einen Plan: „Wir gehen noch einmal zum Schlangentempel. Dort hat alles begonnen und dort sollten wir uns noch einmal umsehen!“ Dominik stimmte ihr zu. Poppi wollte nichts davon wissen und Axel fand die Idee reichlich beknackt. „Glaubst du, ich will dort in der Asche eines ... wäääää!“ Er wollte den Gedanken nicht weiterspinnen. Lieselotte verzog spöttisch den Mund. „Bleibt schön da, Babys, müsst nicht mit, wenn ihr gleich das Schlotti-Schlotti bekommt!“ Axel öffnete den Mund, um ihr eine Gemeinheit an den Kopf zu schleudern, sank dann aber wieder auf den Liegestuhl zurück. Er war zum Streiten viel zu schlapp.

Als Dominik und Lieselotte aus dem Palast traten, erschienen zwei Wächter neben ihnen. Höflich, aber bestimmt erkundigten sie sich, wohin die beiden wollten. Lilo beschloss, nicht die Wahrheit zu sagen, und log: „Zum Naturschutzpark!“ Einer der Männer nickte und zeigte auf ein kleines Elektroauto. „Ich werde euch hinfahren und wieder zurückbringen. Der Maharadscha erlaubt keine freien Spaziergänge mehr. Die Gefahr eines Überfalls ist zu groß.“

Zurück konnten die beiden Knickerbocker jetzt nicht mehr. Obwohl sie nicht die geringste Lust dazu hatten, mussten sie zu dem Naturschutzgebiet fahren und dort großes Interesse für den langen Vortrag eines Wildhüters vortäuschen.

Als sie zwei Stunden später zurückkehrten, wurden sie von ihren hämisch grinsenden Kumpeln empfangen. „Na, war der Ausflug schön?“, wollten sie wissen. Lilo warf Poppi und Axel einen vernichtenden Blick zu.

Wurden die Gäste bewacht oder beobachtet? Das war eine Frage, die Lieselotte nicht mehr aus dem Kopf ging. Plötzlich hatte sie eine Idee. „He, ich weiß, wie wir zum Maharadscha vordringen können. Es ist ganz einfach. Wir gehen durch die rote Tür am Ende des Speisesaales.“ Axel und Poppi tippten sich nur an die Stirn. Bestimmt war die Tür abgesperrt, und wahrscheinlich war es nicht einmal möglich, unbeobachtet bis zu ihr zu gelangen.

Aber Dominik und das Superhirn gaben nicht so schnell auf. Sie marschierten zu dem langen Saal und stellten zu ihrer großen Freude fest, dass er leer war. Die Kellner und Köche bereiteten in der Küche das Abendessen vor und waren sehr damit beschäftigt, die Speisen zu bewachen. Ein Vorfall wie beim Frühstück durfte nicht mehr geschehen.

Die Knickerbocker durchquerten den lang gestreckten Raum, dessen rechte Mauer von vielen Bogenfenstern durchbrochen war, die den Blick auf den See freigaben. Über sieben Stufen erreichten sie die rote Tür und drückten sanft dagegen. Sie schwang tatsächlich auf, und die Juniordetektive betraten ein weiß getünchtes Treppenhaus. Eine kunstvoll geschnitzte Treppe aus schwarzem Holz führte in das obere Stockwerk. „Sollen wir?“, flüsterte Lilo, so leise sie nur konnte. Dominik hob ratlos die Schultern.

Lieselotte fragte nicht weiter, sondern trat einfach auf die erste Stufe. Dominik folgte ihr dicht auf den Fersen. Obwohl sie mindestens schon zwanzig Stufen erklommen hatten, war noch immer kein Ende der Treppe in Sicht.

Das Superhirn ging so nahe wie möglich an der Mauer, da das Holz dort am wenigsten knarrte. „Lilo ... ich glaube, wir sollten kehrtmachen!“, meinte Dominik, aber dazu war das Mädchen nicht bereit. Es hatte den Blick starr nach oben gerichtet und sah deshalb auch nicht die dünne Latte, die ungefähr einen halben Zentimeter aus dem Brett einer Stufe herausragte. Lieselotte setzte den Schuh genau darauf und zuckte in der nächsten Sekunde zurück. Aus der Wand klappten unter lautem Klirren viele scharfe Schwerter, die ihnen den Weg versperrten. Sie waren so raffiniert angeordnet, dass ein Weitergehen unmöglich war. „Umdrehen, weg!“, kommandierte Lilo. Aber als sie sich umdrehte, klirrte es auch hinter ihnen. Wie oben waren auch dort blitzende Metallschwerter aus der Wand gekommen, die sie wie in einem Käfig einsperrten.

„Gratuliere, Frau Superschlau!“, fauchte Dominik. „Was ... was wird jetzt mit uns geschehen?“ Dominik gingen sofort die schlimmsten Sachen durch den Kopf, von denen er gelesen hatte. Wurden sie ausgepeitscht, weil sie sich in die Räume des Maharadschas gewagt hatten? Oder würde man ihnen Salz auf die Fußsohlen streichen, das dann von Ziegen abgeleckt wurde? Bei dieser Strafe waren schon Leute vor Lachen erstickt!

Lieselotte ballte die Hände zu Fäusten und wartete, was geschehen würde. Sie rechnete mit Wächtern, die sie schnappen und dem Herrscher vorführen würden. Wie sich dieser bei seiner morgendlichen Ansprache benommen hatte, verlangte er wahrscheinlich, dass sie sich zu seinen Füßen auf den Boden warfen. Aber das kam für die stolze Lilo nicht in Frage.

Als über ihnen Schritte ertönten, pressten sich die Knickerbocker gegen die Wand. Nur im Bereich der beiden Stufen, auf denen sie standen, waren die kalten Waffen in der Mauer geblieben und ließen ihnen Platz.

Die Juniordetektive hörten, wie von oben ein Schwert nach dem anderen wieder zurückgeschoben wurde und jemand langsam die Treppe herunterkam.

Weitere Katastrophen

Lilo und Dominik warteten starr, was nun geschehen würde. Die Treppe musste ein Stück weiter oben einen Knick machen. Obwohl die beiden Knickerbocker genau hörten, wie jemand herunterkam, konnten sie noch immer niemanden sehen.

Das Klicken der mechanischen Schwerter wurde lauter und heller. Ein orangefarbenes Tuch blitzte auf und Lieselotte kam ein Gedanke. Ihr Verdacht wurde gleich darauf bestätigt. Von oben kam die jüngere der beiden Frauen, die den Maharadscha begleitet hatten. Sie hatte den Schleier etwas gelüftet und Lilo konnte daher mehr von ihrem Gesicht sehen. Es war ein besonders schönes, gleichmäßiges Antlitz. Die Frau hatte einen schwarzen Punkt auf die Stirn geschminkt und trug einen brillantenbesetzten Knopf im Nasenflügel. Zwischen ihren Lippen strahlten regelmäßige, weiße Zähne.

„Was habt ihr hier zu suchen?“, sprach sie die beiden Knickerbocker in fließendem Englisch an. Lieselotte schluckte und antwortete: „Wir … wir wollten den Maharadscha sprechen. Wir müssen ihm etwas Wichtiges sagen!“ Die junge Frau legte den Finger auf die Lippen und hauchte: „Still, es darf uns niemand hören. Wenn euch die Wachen erwischen, ergeht es euch schlimm.“ Sie zeigte Dominik und Lieselotte, auf welche der geschnitzten Figuren am Handlauf der Treppe sie drücken mussten, um die Schwerter wieder einklappen zu lassen, und begleitete sie nach unten. Sie bedeutete den beiden, ihr zu folgen, und fragte mit gesenkter Stimme: „Was ist es, das ihr dem Maharadscha mitteilen möchtet?“

Lilo presste die Lippen aufeinander. Sie wollte mit dem Herrscher und nicht mit dieser Frau reden. Wer war sie überhaupt? Die Inderin verstand das Schweigen des Mädchens und begann zu erklären: „Der Maharadscha ist mein Vater. Mein Name ist Jaya.“ Dominik wunderte sich über die guten Englischkenntnisse der Frau. „Ich habe in England studiert“, erklärte Jaya. „Gerne wäre ich auch dort geblieben, da ich in England die Liebe kennen gelernt habe. Der Mann, der mein Herz eroberte, heißt James und wollte mich heiraten. Aber mein Vater hat es verboten und mich nach Indien zurückholen lassen. Er ist streng und hält mit eisernem Griff an den alten Sitten fest.“

„Wieso hat er seinen Palast dann aber in ein Hotel umbauen lassen?“, wollte Dominik erfahren. „Er braucht Geld für sein Land. Nur einige Meilen von hier befinden sich Hügel mit fruchtbaren Hängen. Dazwischen erstreckt sich Land, das bis vor kurzer Zeit reiche Ernte getragen hat. Doch vor zwei Jahren brach eine schreckliche Zeit an. Weder die Teepflanzen noch die Pfefferpflanzen und Gewürze wollten auf den Plantagen gedeihen. Sie verdorrten ohne Grund. Das Volk meines Vaters geriet in große Not. Viele Menschen sind bereits abgewandert. Für den Maharadscha galt es, zu retten, was zu retten war, und neue Einnahmequellen zu finden. Und eines Tages kamen dann Leute, die ihm zur Umwandlung des Palastes in ein Hotel geraten haben. Ein schwerer Schritt für meinen Vater, der sich mit dieser neuen Situation gar nicht zurechtfinden kann.“

„Nun ja, vielleicht geht es ihm besser, wenn einmal die Chemiefabrik errichtet ist und Waffen erzeugt werden!“, sagte Lieselotte beiläufig. Sie wollte sehen, welche Wirkung diese Worte auf Jaya hatten.

Aufmerksam beobachtete Lilo, wie die Frau zuckte. „Woher ... wieso wisst ihr ...?“, fragte sie. Zum ersten Mal geriet sie ein wenig aus der Fassung. Lieselotte und Dominik gaben keine Antwort. „Es ... es ist nur ein Gerücht. Der Maharadscha hat dem Bau nie zugestimmt. Das sagt er zumindest“, meinte Jaya. „Es wäre besser, ihr vergesst das alles wieder. Es ist nicht für eure Augen und Ohren bestimmt. Geht jetzt! Geht!“

Jaya scheuchte die beiden durch die rote Tür und sperrte hinter ihnen ab.

„Ich glaube der Frau nicht!“, sagte Lieselotte leise zu ihrem Kumpel. Dominik konnte ihr nur zustimmen. Ihm erging es genauso.

Der Abend brach an und die Hotelgäste versammelten sich zum Essen. Es war eine merkwürdig stille Mahlzeit, bei der alle Leute jeden Bissen dreimal beäugten, bevor sie ihn in den Mund steckten.

„Habt ihr schon gehört, es sind wieder schreckliche Dinge geschehen!“, berichtete Onkel Arthur. Die Bande horchte auf. „Am Nachmittag hat ein Elefant im Naturschutzgebiet durchgedreht und um ein Haar eine Gruppe Touristen niedergetrampelt. Später hat sein Betreuer festgestellt, dass jemand einen sehr schmerzhaften, zehn Zentimeter langen Stachel in das Bein des Tiers gebohrt hatte. Die Schmerzen haben das Tier natürlich wild gemacht. Außerdem ist gegen sechs Uhr ein riesiger Felsbrocken auf das Dach des Palastes gestürzt. Er hat es durchschlagen und auch noch die Decke darunter zertrümmert. Der Fels ist in ein Zimmer der Maharani, der Frau des Maharadschas, gefallen." Axel fiel dazu etwas ein. „Moment, als ich am Pool war ... da habe ich den Krach gehört... aber ich lag auf dem Bauch und habe nicht zum Himmel geschaut. Kurz vorher war da aber so ein Brummen. Als ob ein Flugzeug über dem Palast gekreist wäre!"

Lieselotte beschloss, noch am Abend jemanden zu bitten, für sie die Anzeigen in der indischen Zeitung zu übersetzen. Sie wollte wissen, ob die „Unglücksfälle" wieder befohlen worden waren. Unter dem Kennwort „Giftkralle".

Sie musste das Vorhaben allerdings auf den nächsten Tag verschieben. Im ganzen Hotel war keine Zeitung aufzutreiben. Oder hatte sie jemand absichtlich entfernt?

Enttäuscht zog sich die Bande in die riesige Suite zurück. Poppi legte sich auf die Polster neben dem Springbrunnen und schmökerte genüsslich in einem Pferdebuch. Axel spielte Gameboy, Dominik schrieb in sein Tagebuch und Lieselotte stand unter einer der Bogentüren und blickte auf den schwarzen See hinaus.

„Hua!" Mit einem leisen Aufschrei sprang sie in das Zimmer zurück.

Von oben war etwas heruntergefallen und direkt vor ihr gelandet. Erschrocken sahen sie die anderen an. „Was ist?", fragte Axel leise.

„Da ... da ist jemand", keuchte Lilo. Den Blick hatte sie starr auf die offene Tür zum See gerichtet.

Blitzschnell huschte eine kleine dunkle Gestalt in den Raum. Wie ein Erwachsener hatte sie eine Art Rock um die Hüften gewickelt, der aber große Ähnlichkeit mit einer weiten Hose hatte. Kopf und Gesicht waren durch Turban und Stoffstreifen verdeckt.

„Psssst … hier Freund Laru!“, meldete sich eine bekannte Stimme. Axel, Lilo, Poppi und Dominik atmeten erleichtert auf. „Laru, warum …!“, begann Axel. „Pssssst“, zischte der Junge. „Niemand darf sehen mich. Ich Angst. Viel Angst!“

Lieselotte schloss hastig die Läden und zog den Jungen von den Türen weg ins Zimmer. „Wieso hast du heute gelogen?“, fragte sie scharf. „Laru droht Strafe … Er soll sterben, weil er mit euch geredet. Ich versprochen habe, dass ich nicht wieder mache, aber ich muss euch etwas sagen …“

Lieselotte wollte Laru zuerst nicht glauben. „Wer hat dir gedroht?“, erkundigte sie sich. „In der Nacht … Mann mit seidenem Strick bei mir … er gesagt das. Ich ihn erkannt. Schüler von Lehrer Kumar.“

„Laru, waren die Sachen, die sich in der Nacht und heute ereignet haben, alle in der Zeitung angekündigt?“, wollte Lilo wissen. Der Junge schüttelte den Kopf und sagte: „Ja!“ Das Superhirn verstand nicht. „Was jetzt? Ja oder nein?“ Wieder schüttelte Laru den Kopf: „Ja! „

Dominik stieß Lilo an und zischte: „Inder wiegen den Kopf, wenn sie Ja sagen. Für uns sieht das wie nein aus!“

„Ja … in alter Zeitung Elefanten, und Stück weiter Treffen mit seidener Schnur im Boot. Und in Zeitung von heute alles, was geschehen.“

„Auch die Sache mit dem Stein aus der Luft?“, fragte Axel. Laru überlegte und nickte. „Nein! Aber ich sagen euch etwas. Wichtig, sehr wichtig. Ich war bei Tempel der Fünfkopf-Kobra zu früh gestern … deshalb ich gesehen Feuer und gehört vorher Lehrer. Laru gestaunt hat. Ich kennen meine Lehrer, aber er war nicht Mann, der gesprochen hat. Stimme ganz anders.“

Lieselotte schnippte mit den Fingern. „Etwas Ähnliches habe ich mir bereits gedacht!“, murmelte sie.

Aber wer war der Mann?

Wahrheit in der Asche

„Laru, bitte bring mich zum Schlangentempel. Wir können nur in der Nacht hingehen. Tagsüber fangen uns die Wachen ab!“, sagte Lilo. Der kleine Inder schien dieses Unternehmen nicht für unmöglich zu halten. „Ja, ich werde tun“, erwiderte er. „Ich komme mit“, entschied sich Axel. Dominik schloss sich an. Nur Poppi winkte ab. Sie hatte keine Lust. Da die Wachen wieder vor der Zimmertür und am Seeufer ihren Dienst versahen, musste sie sich nicht fürchten und konnte beruhigt schlafen.

Der Rest der Bande und der Schlangenjunge warteten auf den günstigen Augenblick, wenn die Wächter um die Ecke des Palastes bogen und der Uferstreifen unbeobachtet war. Schnell huschten sie aus der Tür ins Freie und pressten sich an die Mauer. Laru schlich voran und eilte nach ungefähr 30 Metern gebückt über den Sand zu einer Gruppe von Büschen. Dort kauerten sich die vier zu Boden und warteten, bis die Wächter auf ihrer Runde vorbeikamen. Als die beiden Männer wieder außer Sicht waren, zeigte Laru den Knickerbocker-Freunden ein Loch in der Umzäunung des Parks. Eilig schlüpften sie durch den Spalt hinaus in die Wildnis.

Zum Glück schien in dieser Nacht der Mond und beleuchtete ihren Weg. Laru führte die kleine Gruppe an und brachte sie ohne Zwischenfälle zum Eingang des Schlangentempels.

Dort angekommen, streckte Axel die Nase in die

Luft und schnupperte. „Riecht ihr das … hier stinkt es nach Verbranntem!“, sagte er leise.

„Logisch!“, brummte Lieselotte und leuchtete die Statuen der fünfköpfigen Kobras ab. „Sag Laru, wer hat dir überhaupt aufgetragen, mit deinen Schlangen herzukommen?“, fragte das Superhirn.

„Mann von Empfang in Hotel. Er früher auch Schüler von Lehrer Kumar.“

„Und wer hat diesen Mann vom Tod des Lehrers benachrichtigt?“, erkundigte sich Dominik. Laru zuckte mit den Schultern. Er wusste es nicht. „Hat der Lehrer eine Frau oder Kinder, die man über seinen Tod befragen könnte?“, bohrte Lieselotte weiter. Laru nickte, was nein bedeutete. „Das heißt, vielleicht hat ihn niemand tot gesehen“, setzte das Superhirn ihre Gedanken fort.

Laru erschien das durchaus möglich. „Ich weiß, Männer haben Bahre aus Haus von Lehrer geholt. Aber ich kenne niemanden, der Toten vorbereitet hat!“, erzählte er.

Lieselottes Verdacht wurde immer stärker. „Kommt, wir müssen zu dem Scheiterhaufen“, sagte sie. Dominik und Axel blieben stehen. Die Vorstellung, zu der Stelle zurückzukehren, an der ein Mensch verbrannt worden war, gefiel ihnen ganz und gar nicht. „Ihr Jammerlappen, dort ist nicht geschehen, was ihr denkt!“, zischte das Mädchen. „Kapiert ihr noch immer nicht? Hier wurde ein Theater inszeniert, um einige kluge Leute zu bewegen, schreckliche Dinge auszuführen. Aber ich will endlich wissen, wer das war und wie er es gemacht hat!“

„Häää?“ Die Jungen konnten dem Superhirn im Augenblick nicht folgen.

Lieselotte fragte nicht mehr lange, sondern ging langsam, Schritt für Schritt weiter.

Laru holte seinen Mungo unter dem Stoff seines Gewandes hervor und setzte ihn auf den Boden. „Falls Schlange, Riki Tiki wird sie töten“, erklärte er stolz.

Lilo konnte nicht leugnen, dass die Reste des Tempels etwas Bedrohliches und Furcht Einflößendes hatten. An einigen Stellen waren sie noch hoch und mächtig, und in der Dunkelheit erschien es dem Mädchen so, als könnte jede Sekunde das Gemäuer zusammenstürzen und sie begraben. Die Steine sahen aus, als lägen sie locker und ohne Halt aufeinander. Man hatte das Gefühl, dass ein leichter Lufthauch schon genügte, um sie herabfallen zu lassen.

Das Oberhaupt der Bande zog den Kopf zwischen die Schultern und setzte seinen Weg fort. Da ... da war die Stelle, wo das Holz aufgestapelt gelegen hatte. Jetzt war nur noch ein Haufen grauer Asche übrig. Dazwischen lagen einige Brocken schwarze Holzkohle. Noch viel mehr interessierten das Mädchen aber vier dünne Metallrohre, die aus dem Boden ragten. Sie waren kniehoch und am Ende nach außen geknickt. Das Feuer hatte ihnen zugesetzt, aber Lieselotte war sicher, dass es sich um Kupferrohre handelte. Sie schnüffelte an allen Öffnungen und beim dritten Rohr konnte sie etwas feststellen.

„Riech einmal, Axel!“, forderte sie ihren Kumpel auf. Er tat es und verzog die Nase. „Riecht nach Gas ... erinnert mich an einen Kocher, den man beim Camping verwendet!“ Lilo nickte. Sie hatte denselben Gedanken gehabt. Hastig begann sie mit den Händen die Asche beiseite zu schieben. Sie interessierte sich vor allem für den Mittelpunkt des Platzes, an dem sich der Holzhaufen befunden hatte. „Hat jemand einen Stock?“, fragte sie über die Schulter.

Laru rannte los und kehrte innerhalb weniger Sekunden mit einem abgerissenen Zweig zurück. Lilo stocherte damit in dem Aschenberg und stach immer wieder fest nach unten.

Ein dumpfes, hohles Geräusch ertönte. „Das … das habe ich mir gedacht“, flüsterte sie. „Denk nicht, sondern rede mit uns!“, verlangte Dominik. „Lass uns nicht blöd verkommen!“

Lieselotte gab den Jungen ein Zeichen, ihr beim Wegräumen der Asche zu helfen. „Darunter ist etwas, das uns mit Sicherheit weiterhelfen wird“, kündigte sie an.

„Du bist genauso doof wie eine Fernsehansagerin, die immer erzählt, wie spannend ein Film werden wird. Aber sie erzählt den Film nur bis zu einer besonders aufregenden Stelle und lächelt dann dämlich, damit man sich den Streifen ansehen muss!“, quasselte Dominik, der sich seine Anspannung von der Seele reden musste.

„Quatsch nicht, grab!“, knurrte Lieselotte zwischen zusammengebissenen Zähnen.

Poppi konnte nicht schlafen. Unruhig wälzte sie sich auf dem kurzen Bett hin und her. Es war ein altes Bett und Dominik hatte ihr erklärt, wieso es so klein war. „Bei einem Krieger ragten die Knöchel immer über den Bettrand. Im Notfall konnte er so schneller auf die Beine kommen!“

Das jüngste Mitglied der Bande sah zwar keinen Notfall, wollte aber trotzdem aufstehen. Sie hielt es nicht mehr aus. Ihr Herz raste und sie schwitzte schauderhaft. Das Mädchen trat an eine der Türen. Es öffnete die Läden und blickte in die Nacht hinaus.

Am anderen Ufer des Sees erhob sich eine lang gestreckte Hügelkette, die im Mondlicht wie der Rücken eines schlafenden Ungeheuers aussah.

Moment mal, was war das? Poppi stutzte, kniff die Augen fest zusammen und riss sie danach wieder weit auf. Nein, sie hatte sich nicht getäuscht. Auf der Spitze eines Hügels blinkte ein Licht. Es musste sich um eine besonders starke Lampe handeln, die in bestimmten Abständen erlosch und wieder aufleuchtete. Das war kein Zufall. Und es handelte sich auch nicht um ein Auto, das eine Bergstraße hinauffuhr. Das waren eindeutig Blinkzeichen.

Poppi lief schnell zu ihrem Bett: neben dem Telefon lagen Block und Bleistift. Aber als die Juniordetektivin zur Tür zurückkehrte, war das Licht erloschen. Zu dumm!, dachte Poppi aufgeregt. Sie wagte sich drei Schritte weiter und trat auf den sandigen Rasen vor dem Palast. Eher zufällig drehte sie den Kopf und blickte die weiße Wand empor.

Poppis Herz schlug plötzlich doppelt so schnell. Dort oben, im ersten Stock, dort blinkte auch eine starke Lampe. Zweifellos antwortete sie dem anderen Licht. Als sie erlosch, begannen nämlich wieder die Lichtzeichen auf dem Hügel.

So geräuschlos, wie sie nur konnte, kehrte Poppi in das Zimmer zurück und schloss die hölzernen Läden. Ihre Finger hatten fast keine Kraft, so heftig zitterten sie. Poppi war sich darüber im Klaren, dass sie eine

äußerst wichtige Beobachtung gemacht hatte, die sie ihren Knickerbocker-Freunden auf der Stelle mitteilen wollte. Aber das konnte sie nicht. Axel, Lilo und Dominik waren weit weg.

„Hier … hier stimmt einiges nicht!“, keuchte das Mädchen. Es hockte sich auf das Bett und zog die Knie bis zum Kinn.

Wo waren sie hier wieder hineingeraten?

Eine kurze Spur

Im Schlangentempel hatten die drei Knickerbocker und Laru inzwischen den Aschenhaufen mit den Händen zur Seite geschaufelt und waren von Kopf bis Fuß verdreckt. Der feine Staub brannte in ihren Augen und reizte ihre Nasen und Kehlen. Sie husteten, niesten und spuckten und wischten sich den Schmutz aus den Gesichtern.

Lilo leuchtete den Boden ab und ein triumphierendes Grinsen huschte über ihren Mund. „Da … schaut … eine Öffnung im Boden des Tempels. Sie ist mit einer Metallplatte abgedeckt!“ Axel konnte ihren Gedanken folgen. „Das heißt, wer auch immer da als Toter auf das Holz gelegt wurde, war erstens nicht tot und ist zweitens durch diese Geheimtür geflüchtet.“

Lilo gab ihm Recht. „Die Stichflammen wurden durch Gas verursacht und sollten nur ablenken. Der Holzstapel war so aufgeschichtet, dass im Inneren ein Hohlraum blieb. Bestimmt war auch die Bahre präpariert. Der angeblich Verstorbene hat einen Mechanismus ausgelöst und ist in den Hohlraum gerutscht, während außen das Feuer zu lodern begann. Die Metallfalltür stand offen, er ist durchgeschlüpft und hat sie über seinem Kopf zugezogen. Die Trauernden sind entsetzt geflohen, und für den Fall, dass jemand zurückkommen und nachsehen wollte, war Laru beauftragt, ihn mit Schlangen zu vertreiben. Ein perfekter Plan. Später ist der Kerl wieder rausgekrochen und verschwunden.“

Dominik hatte einen Verdacht. „Aber vielleicht befindet sich unter dieser Stahlplatte sogar ein Keller“, vermutete er. Lilo hob die Augenbrauen. Keine schlechte Idee. Die drei Knickerbocker und Laru kratzten den Rand der Platte ab. Irgendwo musste sich eine Stelle befinden, an der sie die Falltür öffnen konnten.

„Da … da ist eine Kerbe!“, meldete Axel und schob seine Finger unter die Kante des Metalls. Er zog und zerrte, schaffte es aber nicht, die schwere Klappe hochzuziehen. Dominik legte einen Stein neben die Kerbe und benutzte seinen Stock als Hebel: Es gelang ihm tatsächlich, die versteckte Tür anzuheben.

Schnell griffen die anderen zu und öffneten den geheimen Abgang. Lilo leuchtete hinunter und beugte sich weit vor. Sie streckte den Kopf durch die Öffnung in den Steinen und sagte: „Da … da ist tatsächlich ein Keller. Oder vielleicht sogar eine Art Gang.“

Das Mädchen zögerte nicht, sondern ließ vorsichtig die Beine in die Öffnung hängen. Sie stützte sich mit den Händen am Rand der Luke ab und glitt langsam in die Tiefe. Aber schon hatte sie wieder festen Boden unter den Füßen - und ihr Kopf guckte noch immer aus der Öffnung.

Lieselotte bückte sich und machte einen Schritt in dem unterirdischen Raum. Mehr war nicht möglich: „Das ist weder ein Gang noch ein Keller. Es sieht aus wie eine kurze halbe Röhre.“

Axel überlegte und meinte: „Dann hat der Typ also tatsächlich hier gewartet und ist, nachdem das Feuer erloschen war, wieder hinausgeklettert.“

Lilo winkte ab. „Unmöglich, das ist eine falsche Spur. Auf der Metallklappe lag doch die Asche. Die wäre zur

Seite geräumt gewesen oder heruntergerutscht, wenn er tatsächlich durch die Falltür wieder herausgekommen wäre."

Dominik prustete laut. „Dieser Fall wird immer rätselhafter", stellte er altklug fest. „Der nichttote Tote kann sich doch nicht in eine Ameise verwandelt haben und einfach durch irgendeine Ritze verschwunden sein."

Die Knickerbocker beschlossen, es für diese Nacht genug sein lassen und in das Hotel zurückzukehren. In Lieselottes Superhirn rasten die Gedanken durcheinander. Fest stand für sie noch sehr wenig. „Einigen Menschen ist hier ein Trick vorgespielt worden, um sie zu benutzen", notierte sie auf einem Blatt in ihrem Kopf. „Wer auch immer das gemacht hat, muss hier im Tempel ein Geheimnis kennen, denn er ist aus dem tunnelförmigen Raum entkommen, obwohl dieser keinen Ausgang hat. Aber wozu das alles? Die Leute waren doch nicht dumm. Wenn ihnen jemand die Gefahr der Waffenfabrik schilderte, würden sie protestieren. Das war auch in Indien möglich. Wieso wurden sie von jemandem dazu verleitet, einen schaurigen Zwischenfall nach dem anderen zu verursachen? Wo lag der Sinn? Weshalb sollte jemand so die Errichtung der Fabrik zu verhindern versuchen? Außerdem gab es ein viel einfacheres Mittel, das schreckliche Unternehmen scheitern zu lassen. Wenn keiner der Bewohner dort arbeiten wollte, mussten die Besitzer die Anlage sofort wieder sperren."

Lieselotte kam mehr und mehr zu dem Schluss, dass die Verschwörung „Giftkralle" einen anderen Zweck haben musste. Aber welchen?

Als die drei Juniordetektive ins Hotel zurückkamen, wurden sie von Poppi bereits ungeduldig erwartet. Das Mädchen platzte sofort mit seiner Beobachtung heraus und wollte gar nicht aufhören zu berichten. „Blinkzeichen? Wer benutzt hier Blinkzeichen? In einem Haus, in dem sogar das Klo vollelektronisch ist. In einem Palast, der ein eigenes Satellitentelefon besitzt, um nicht von den schlechten öffentlichen Leitungen abhängig zu sein?“, wunderte sich Lieselotte, und wieder einmal knetete sie ihre Nasenspitze.

Axel wusste eine Antwort. „Aus demselben Grund, weshalb wir unsere eigene geheime Blinksprache haben. Niemand soll verstehen können, was wir uns sagen. Telefone können abgehört werden, Funkgespräche ebenfalls. Blinkzeichen kennen nur die Leute, die sie erfunden haben.“

Poppi lief vor Aufregung im Kreis um den Springbrunnen im Zimmer und dachte laut: „Wer kann die Blinkzeichen gegeben haben? Über uns wohnen nur der Maharadscha, seine Frau, die Maharani, und ihre Tochter Jaya.“

Lieselotte winkte ab. „Außerdem mindestens zwanzig Diener. Einer von ihnen könnte bei der Verschwörung dabei sein und einem Verbündeten Zeichen gegeben haben.“ Das Superhirn bekam aber mehr und mehr das Gefühl, dass die Aktion „Giftkralle“ etwas mit dem Palast und dem Maharadscha zu tun haben musste. Dieser Mann war irgendwie nicht in Ordnung. Das Mädchen musste immer wieder an sein steinernes, hartes Gesicht und die kalten Augen denken. Er hatte sogar versucht den Grund für die Anschläge und Unfälle bei den Gästen zu suchen. Wollte er damit von sich ablenken? Möglich war es. Ob er selbst hinter der ganzen Sache steckte? Aber welches Ziel konnte er damit verfolgen?

Halt! Vielleicht war der stolze Inder gar nicht so kalt, sondern nur sehr verängstigt und geschockt gewesen. Möglicherweise ahnte er, dass gegen ihn etwas im Gange war. Das würde bedeuten, dass sich in seinen eigenen Räumen ein Verräter befand.

Auf Lilos geistigem Notizblock erschien eine Zeichnung. Da waren die Schüler des Lehrers Kumar, die willig alle Befehle ausführten, um eine Giftfabrik zu verhindern. Auf der anderen Seite standen der verarmte Maharadscha und seine Besitztümer, auf deren Boden eine Schreckenstat nach der anderen stattfand – Vorgänge, die Menschen erschrecken, abschrecken und zu Tode ängstigen sollten.

„Es ist ziemlich sicher *nicht* die Chemiefabrik, um die es geht. Wäre es tatsächlich die Fabrik, hätte man den Menschen nicht diesen miesen Trick mit der Verbrennung vorgespielt", sagte Lilo halblaut vor sich hin. „Der Maharadscha steckt hinter einer anderen Sache und jemand versucht ihn kleinzukriegen!" Sie beschloss, diesen Gedanken am nächsten Tag zu verfolgen. Im Augenblick war sie viel zu müde und erschöpft und sehnte sich nach ihrem Bett.

Als die Juniordetektive sich schlafen legten, verabschiedete sich Laru und verschwand in Richtung See.

Der kleine Inder, der sonst auch auf dem Hinterkopf und den Fußsohlen Augen zu haben schien, bemerkte nicht, wie jeder seiner Schritte aufmerksam beobachtet wurde. Jemand beschloss, den Jungen am nächsten Tag abzufangen und zu verhören. Sehr, sehr gründlich zu verhören. Auch mit den vier Schnüfflern musste etwas geschehen! Am besten, man ließ sie verschwinden. So knapp vor dem Ziel durfte nichts mehr dazwischenkommen …

Beseitigen!

„Der hat ja keinen Kopf mehr!“, japste Poppi und zeigte auf den braunen Körper im Vorhof des Hotels. Es handelte sich zweifellos um Fateh, der wie immer ein weißes Tuch wie eine Windelhose um die Hüfte gewickelt hatte. Er lag auf dem Rücken und sein Kopf … steckte in der Erde eines Beetes. Er war bis zum Kehlkopf eingegraben. Trotzdem aber lebte der Mann, bewegte die Zehen und faltete die Hände über dem Bauch.

„Die spinnen, die Fakire“, stellte Dominik fest. Lieselotte beugte sich zu Fatehs Kopf und sagte laut: „Wir wollen gerne mit Ihnen sprechen. Bitte, es ist wichtig.“ Sie war froh, dass der Fakir endlich wieder im Palast aufgetaucht war. Fateh schien das Superhirn nicht zu hören. Er zeigte keine Reaktion. „Mist, er weiß bestimmt mehr. Der tut immer nur so ahnungslos, aber in Wirklichkeit hat der Typ den Durchblick!“, schimpfte Lieselotte vor sich hin.

„Guten Morgen, ihr Rasselbande!“, kam da die Stimme von Onkel Arthur. „Knickerbocker-Bande, nicht Rasselbande!“, verbesserte ihn Dominik. Der Reporter klopfte den vieren kameradschaftlich auf den Rücken und begann gleich darauf den eingebuddelten Fakir zu knipsen. „Klasse Aufnahmen“, keuchte er begeistert. „Davon brauche ich mehr.“

„Die werden Sie auch bekommen“, meinte ein Mann, der neben Onkel Arthur aufgetaucht war. Die Knickerbocker-Freunde betrachteten ihn fragend. „Oh, darf ich vorstellen, das ist Walter Morris!“, erklärte Onkel Arthur. „Er ist bereits zum zweiten Mal Gast hier im Hotel und heute Morgen erst angekommen. Und stellt euch vor, auch er schreibt Reisereportagen für Zeitungen!"

Der Mann lachte etwas übertrieben und nickte heftig. „Jaja, ich bin für ein kanadisches Reisemagazin tätig und bereite hier alles für die Ankunft einer Reisegruppe vor. Man hat mich darum gebeten, weil ich mich mittlerweile gut auskenne!"

Mister Morris war ziemlich groß und nicht wirklich dick, aber reichlich gepolstert. Sein blondes Haar war gepflegt, hing ihm aber – wie Hunden bestimmter Rassen – über die Augen bis zur Nasenwurzel. Er hatte die Angewohnheit, immer wieder die Unterlippe vorzuschieben und nach oben zu pusten, um sich freiere Sicht zu verschaffen.

Onkel Arthur stellte die vier Mitglieder der Bande mit Namen vor und Walter Morris schüttelte jedem die Hand. „Wo leben Sie in Kanada?", fragte Dominik. „Canberra", antwortete der Reporter lächelnd. Er verabschiedete sich mit einem kurzen Kopfnicken und begleitete Dominiks Onkel in den Speisesaal. Die beiden hatten offensichtlich viel zu bereden.

Axel, Lilo, Poppi und Dominik standen weiterhin ratlos vor Fateh. Mit ihm war zweifellos an diesem Vormittag wenig anzufangen.

Lilo schlug plötzlich die Hände vor den Mund und atmete laut ein. „Was ist?", wollte Axel wissen. „Ich habe eine irre heiße Spur!", erklärte das Superhirn. „Laru kann uns bestimmt helfen sie zu verfolgen. Wir müssen ihn nur finden."

Dominik hatte eine Idee: Der Junge war manchmal

vor dem Palast und führte dort Touristen seine Schlangen vor. Die Bande hatte Glück und traf ihn tatsächlich an.

Laru war nicht begeistert, die vier zu sehen. Er bedeutete ihnen zu verschwinden und nicht mit ihm zu sprechen. Lieselotte verstand. Der Junge hatte Angst, beobachtet zu werden. Er hatte die Drohung nicht vergessen.

Lilo gab dem Schlangenfänger ein Zeichen, zu einem abgelegenen Ort neben den Tennisplätzen zu kommen. Dort stand ein Häuschen, in dem sich die Spieler manchmal umzogen. Für eine geheime Besprechung der ideale Ort.

Eine Viertelstunde später traf Laru ein. „Bitte … nicht zeigen, dass … wir reden“, sagte er eindringlich. „Laru sonst große Gefahr …!“

„Jajaja, keine Sorge!“, beruhigte ihn Lilo, die endlich ihre Idee loswerden wollte. „Hör zu, Laru! Gestern hat ein kleines Flugzeug einen Felsbrocken über dem Palast abgeworfen. Dieses Unglück ist als Einziges *nicht* in der Zeitung jemandem aufgetragen worden.“ Axel konnte den Gedanken weiterführen: „Das bedeutet, der Pilot war wahrscheinlich der Boss des Unternehmens höchstpersönlich!“ Lieselotte nickte.

Der Schlangenjunge verstand nicht, was Lilo meinte. „Kennst du jemanden in der Nähe, der ein kleines einmotoriges Sportflugzeug hat oder zumindest fliegen kann?“ Laru überlegte, war sich aber nicht sicher. „Könntest du zum Flughafen gehen und dich umsehen? Es muss jemanden geben, der gestern einen Felsbrocken geladen hat. In eine Maschine, die während des Fluges etwas abwerfen kann. Bitte finde heraus, wer mit diesem Flugzeug zu tun hat. Das könnte die Antwort auf alle Fragen sein!“

Laru atmete mehrere Male tief durch. Er fürchtete sich nicht einmal vor der giftigsten Kobra. Dieser Auftrag allerdings war etwas anderes. Er musste in ein abgezäuntes, streng bewachtes Gebiet eindringen, in dem es keine Bäume gab, hinter denen er sich verstecken konnte wie im Dschungel. „Bitte ... es geht auch um deinen Lehrer Kumar. Ich glaube, er ist gar nicht tot, sondern entführt worden. Jemand anderer hat den Toten gespielt!“

Diese Worte wirkten. Laru mochte den alten Lehrer sehr. Wenn es tatsächlich so war, wie Lieselotte sagte, dann wollte er unbedingt helfen.

„Vielleicht wird Kumar irgendwo gefangen gehalten und wir können ihn befreien“, legte Lilo noch ein Schäufelchen nach.

Jetzt war der kleine Inder kaum noch zu bremsen. Er versprach gegen Abend wieder zurück zu sein. Mit allen Auskünften, die Lieselotte haben wollte.

Laru brachte seine Schlangen schnell an einen Platz zurück, wo er sie unbesorgt freilassen konnte, und machte sich sofort auf den Weg. Er lief über die sandige Zufahrtsstraße, von der Wege zum Naturschutzpark, zum Palast, zu den Tennisplätzen und zum nahen Dorf abzweigten, und wollte so rasch wie möglich auf die Hauptstraße gelangen. Er hoffte, dass ihn ein Fuhrwerk mitnehmen würde, denn zu Fuß brauchte er lange bis zum Flugplatz.

Hinter ihm hupte es. Laru drehte sich um und sah den kleinen Bus des Hotels, der die Gäste zu den verschiedenen Sehenswürdigkeiten beförderte. Der Wagen hielt und der Fahrer erkundigte sich, wohin der Junge wollte. Laru hatte Glück. Der Bus sollte Gäste vom Flughafen abholen.

Dankbar kletterte der kleine Inder auf den Beifahrersitz und die Fahrt ging los. Auf der Ablage vor der Windschutzscheibe sah Laru die neue Ausgabe der Zeitung. Eine bestimmte Seite war aufgeschlagen. Mit einem stumpfen Bleistift hatte jemand eine kleine Textstelle angezeichnet. Larus Augen streiften die Spalte entlang und blieben entsetzt hängen. Es war ein Inserat und der Text lautete: „Laru beseitigen! Kennwort Giftkralle.“

Auch die nächste Anzeige war ein Auftrag, jemanden verschwinden zu lassen. Es handelte sich um vier Personen, die der Junge mittlerweile gut kannte …

Fateh unter Verdacht

Als die Knickerbocker-Bande in den Palast zurückkehrte, hatte der Fakir im Vorhof seine Position geändert. Fatehs Kopf steckte nicht länger in der Erde. Dafür aber saß der Mann auf den Ranken einiger wilder Dornensträucher. Poppi bekam nur vom Hinsehen Kratzer auf der Haut, doch dem Fakir schienen die fast fingerlangen Dornen nichts anzuhaben.

„Der Tag soll schön sein und ganz nach euren Wünschen ausfallen“, begrüßte Fateh sie lächelnd. „Wir müssen Sie etwas fragen“, sagte Lilo sofort und ohne den Gruß zu erwidern. „Was befindet sich oben auf dem Hügel am anderen Ufer des Sees?“ Fateh lächelte lange und besonders milde. „Der Tag soll schön sein und ganz nach euren Wünschen ausfallen“, wiederholte er.

Die vier Juniordetektive begannen vor Ungeduld zu zappeln. „Jajaja, wünschen wir Ihnen auch. Aber jetzt sagen Sie uns endlich, was dort oben ist!“, drängte Axel.

Fateh hob den Kopf, schloss die Augen und machte den Eindruck, als würde er einen Blick in die Vergangenheit werfen. „Über 300 Jahre ist es her, als der kleine Bruder des Maharadschas einen zweiten Palast erbauen wollte. Er sollte noch prächtiger werden als dieser. Um die Bauarbeiten bezahlen zu können, bestahl er den Erstgeborenen, und als dieser den Raub seiner Schätze entdeckte, wandte er eine uralte böse List an. Er schnitt dem Tiger den Bart, was den Maharadscha fast das Leben kostete. Ein kleiner Affe rettete ihm bei jenem Festessen das Leben. Der verbrecherische Bruder des Herrschers musste fliehen und ward nicht mehr gesehen. Die Bauarbeiten an dem Palast wurden nie fortgesetzt, und seither ist das Gebäude dem Wetter und den Tieren überlassen."

Ratlos blickten die Knickerbocker einander an. Wovon redete der Fakir? Lieselotte fragte nach, wie es eben so ihre Art war, aber Fateh gab ihr keine Antwort mehr.

Wütend und ungehalten wandte sich das Mädchen ab und stampfte mit dem Fuß auf den Boden. „So ein Sturschädel!", schimpfte sie. „Aber wenn er uns nichts sagen will, dann werden wir uns diesen halben Palast eben selbst ansehen. Irgendwie kommen wir schon dort hinauf!", raunte sie den anderen zu.

Von hinten tippte ihr jemand auf die Schulter. Lieselotte zuckte erschrocken zusammen und erkannte Fateh, der sich von seinem Dornensitz erhoben hatte. „Nehmt Bananen mit!", sagte er und ging mit gemächlichen Schritten davon.

„Der spinnt!", brummte Dominik. „Und ich habe Hunger!", fügte er hinzu. Den anderen erging es ebenso und deshalb begaben sie sich in den Speisesaal.

„Dort muss ich unbedingt hin", hörten sie Onkel Arthur zu Mister Morris sagen. „Die Leute tragen tatsächlich bunte Sonnenschirme?" Der Kanadier bestätigte seine Schilderung, indem er einige Fotos aus der Jacke zog. Sie zeigten einen üppigen Obst- und Gemüsemarkt, auf dem Männer, Frauen und Kinder gerade ihre Einkäufe erledigten. Viel war von den Menschen nicht zu erkennen, denn sie hielten alle orange-, pink-

und lilafarbene Schirme in den Händen, die sie vor den glühenden Sonnenstrahlen schützen sollten.

„In der Nähe des Marktes befindet sich die Schule. Dorthin werde ich meine Reisegruppe ebenfalls führen“, berichtete Mister Morris. Dominik horchte auf. „Schule? Kennen Sie den Lehrer?“, fragte er und erwartete eigentlich keine Antwort. „Ja natürlich, er ist der beste Fremdenführer der Gegend“, erwiderte Onkel Arthurs neuer Bekannter. Dominik blieb fast die Melone im Hals stecken, an der er gerade kaute. „Wie … wie lautet sein Name?“, würgte er hervor. Mister Morris hob erstaunt die Augenbrauen. „Wieso interessiert dich das? Möchtest du in den Ferien Nachhilfestunden nehmen?“

Dominik begann heftig zu schwitzen. Er musste schnell eine gute Ausrede finden. „Nein … nein … aber ich habe eine große Vorliebe für indische Namen, und bestimmt hat der Lehrer einen besonders ungewöhnlichen“, log er.

Mister Morris schien diese Erklärung zu genügen. „Der Lehrer heißt Kumar“, antwortete er. Dominik rutschte die Gabel aus der Hand. Er musste das sofort den anderen erzählen, aber die standen am Büfett und schaufelten Früchte auf ihre Teller.

„Wir … wir müssen endlich jemanden finden, der uns die ganze Sache glaubt. Wir können sie mit Hilfe der Zeitung sogar beweisen“, sagte Lieselotte in diesem Augenblick zu Axel. „Ich schlage vor, wir reden mit Onkel Arthur. Er ist zwar nicht der Hellste, aber dafür reicht es. Und vielleicht fährt er sogar mit uns zu diesem Palast auf dem Hügel.“

Als das Superhirn, Poppi und Axel zum Tisch kamen, sagte Dominik gerade: „Jaja, ich möchte gerne zu dem Markt. Er bietet gewiss viele lehrreiche Eindrücke.“ Lilo verdrehte die Augen. „Kommt ihr auch mit zum Markt?“, fragte Dominik seine Kumpel.

Axel verzog den Mund. „Keine Lust, wirklich keine Lust.“ Lieselotte hatte auch andere Pläne und Poppi schloss sich ihr an. „Na gut, dann treffen wir euch später“, meinte Onkel Arthur und stand auf. Dominik erhob sich ebenfalls und warf seinen Knickerbocker-Freunden bedeutungsvolle Blicke zu, die diese aber nicht verstanden.

„Mist, jetzt haut Onkel Arthur ab, dabei hätten wir mit ihm reden wollen“, überlegte Lilo. Da aber Mister Morris bei ihm war, schien ein ungestörtes Gespräch ohnedies nicht möglich. Deshalb beschloss der Rest der Bande, auf die Rückkehr Dominiks und seines Onkels zu warten.

Als der Junge den Speisesaal verließ, drehte er sich noch einmal um und fuchtelte beschwörend mit den Händen. „Was hat er?“, fragte Poppi. Lieselotte überlegte kurz und meinte: „Er macht sich wichtig, wenn du mich fragst!“

Dominik trottete wie ein geprügelter Hund hinter den beiden Reportern her. Mister Morris hatte zu einem schnellen Aufbruch gedrängt, da es sonst zu heiß werden würde. Der Junge konnte nicht zu seinen Freunden zurück, um sie zu informieren. Er musste die Angelegenheit also allein in die Hand nehmen, und das gefiel ihm gar nicht.

Als die übrigen Knickerbocker mit dem Frühstück fertig waren, wurde das Büfett bereits abgebaut. Sie waren die letzten Gäste im Saal. „Also ich gehe zum

Pool!“, verkündete Lieselotte. Poppi schloss sich an. Axel aber hatte noch immer Hunger und wollte in die Küche, um sich Nachschub an Melonen zu besorgen.

Die Köche waren sehr freundlich und bereiteten ihm sofort einen Teller mit fein säuberlich aufgeschnittenen Zucker- und Wassermelonen vor. Als er damit in den Speisesaal trat, beobachtete er etwas sehr Seltsames.

Fateh, der Fakir, eilte mit ungewohnt großen Schritten auf die rote Tür zu. Er drückte an einige Stellen des Rahmens, worauf die Tür aufsprang, und verschwand dahinter. Der Fakir war unterwegs nach oben in die Gemächer des Maharadschas. Er hatte völlig verändert gewirkt. So geschäftig und gar nicht mehr langsam und ständig nur lächelnd. Welche Rolle spielte er in diesem immer verwirrenderen Spiel?

Unheil über Unheil

Dominik war sehr unruhig. Er mochte es gar nicht, allein, ohne seine Knickerbocker-Freunde einer Spur nachzugehen. Mister Morris hatte sich einen der Wagen ausgeborgt, die das Hotel seinen Gästen zur Verfügung stellte, und fuhr mit Onkel Arthur und seinen Neffen in den Ort.

„Ich habe erfahren, dass durch die Vorfälle der vergangenen Tage zahlreiche Touristen abgereist sind", erzählte der Kanadier. „Die Direktion des Palasthotels ist sehr verunsichert, da die Unfälle dem Ruf sehr schaden können." Onkel Arthur atmete tief durch. „Ich bin auch noch nicht schlüssig, wie ich das Hotel beschreiben soll", meinte er. „Auf der einen Seite ist es so luxuriös und märchenhaft wie kein anderes. Auf der anderen Seite habe ich hier sogar um mein Leben bangen müssen."

Der Markt war genauso farbenfroh und betriebsam, wie ihn Mister Morris beschrieben hatte. Auch die vielen bunten Sonnenschirme waren da, und Dominiks Onkel knipste, was das Zeug hielt. Der Knickerbocker wurde immer ungeduldiger. Er wollte zu der Schule, um dort Nachforschungen anzustellen.

„Äh … zeigen sie uns … die Schule auch noch oder … ist dort Unterricht?", fragte der Juniordetektiv vorsichtig. Mister Morris lachte. „Ja, natürlich ist Unterricht. Vielleicht können wir den Lehrer Kumar sogar beobachten, wie er mit seinen Schülern auf dem Rasen sitzt und ihnen Lesen und Schreiben beibringt." Dominik schluckte den Satz, den er sagen wollte, herunter. Keiner brauchte wissen, dass er mehr Informationen besaß.

Gegen Mittag kamen sie bei dem Schulgebäude an. Es handelte sich um einen einfachen Backsteinbau, der zahlreiche Öffnungen und Löcher in den Wänden hatte. Sie waren absichtlich gemacht worden, damit der Wind durch den Raum streichen und für Kühlung sorgen konnte.

Der Garten rund um das Haus war völlig verwaist und leer. Verwundert klopfte Mister Morris an die türkisfarbene Tür, aber niemand öffnete. Er trat ein und kehrte gleich darauf zurück. „Ich … also … das kann es nicht geben … es sieht so aus … ich …“ Der Mann war völlig verstört. „Ich … gehe und frage. Bitte warten Sie.“ Walter Morris stürzte zum Zaun und rannte die Straße hinunter. Die Schule lag nämlich ein wenig abseits des geschäftigen Treibens.

„Was hat er?“, wollte Onkel Arthur wissen. Dominik schwieg. Er ahnte es, wollte aber seinen Onkel noch nicht in die Geschichte einweihen.

Der Knickerbocker ging in das Haus und sah sich um. Er stand im Klassenzimmer, das mit geflochtenen Matten ausgelegt war. Auch hier gab es eine schwarze Tafel und Kreide, und auf dem Boden standen niedrige Tische, vor denen die Schüler wahrscheinlich knieten. Nur der Lehrer hatte einen großen, wuchtigen Armsessel aus Holz. Der menschenleere Raum wirkte trostlos und bedrückend.

Durch eine weitere Tür gelangte Dominik in das Zimmer, das der Lehrer bewohnt hatte. Es herrschte größte Sauberkeit und Ordnung und nichts deutete auf einen Kampf hin. Entführt ... nein, ich glaube nicht, dass er entführt wurde, überlegte der Knickerbocker.

Plötzlich kam ihm ein Gedanke: Vielleicht steckte dieser geheimnisvolle Lehrer hinter allem. Konnte es sein, dass er seinen Tod nur vorgetäuscht hatte? Natürlich, das war die Lösung! Lilo war manchmal doch nicht so schlau, wie sie dachte. Der Lehrer hatte etwas vor!

„Dominik!" Erschrocken wirbelte der Junge herum. Sein Onkel war ihm gefolgt. „Dominik, du kannst nicht durch fremde Häuser latschen!", meinte er tadelnd. Dominik hielt es an der Zeit, Onkel Arthur reinen Wein einzuschenken. „Wir ... wir haben etwas herausgefunden", begann er. „Pass auf!", schrie er gleich darauf, aber die Warnung kam zu spät. Hinter dem Reporter war einer der schwarzen Männer aufgetaucht. Auch er war mit einem Turban vermummt, doch diesmal hatte der Unbekannte statt eines Seidenstrickes einen Holzprügel in der Hand, den er auf Onkel Arthurs Kopf niedersausen ließ. Bewusstlos sank der Onkel zu Boden.

Dominik sah sich nach einem Fluchtweg um, konnte aber keinen entdecken und spürte plötzlich einen stechenden Schmerz in seinem Schädel. Eine schwere schwarze Decke sank von oben über ihn und hüllte ihn völlig ein.

Zur gleichen Zeit betrat im Palasthotel eine junge Französin ihr Zimmer. Sie hatte sich am Swimmingpool mit den drei Knickerbockern unterhalten, war eine Runde geschwommen und wollte nun ihre Frisur in Ordnung bringen. Da sie sich in den Kopf gesetzt hatte, sich in diesem Urlaub endlich einen Ehemann zu angeln, achtete sie stets auf ihr Äußeres.

Als sie in ihrem geräumigen Schlaf- und Wohnraum stand, fiel ihr ein lautes Summen auf. Sie runzelte die Stirn, ließ es aber gleich wieder bleiben. Stirnrunzeln machte Falten, und die konnte sie nicht brauchen. Das Geräusch kam aus dem Badezimmer und sie dachte, dass sie wahrscheinlich ihre elektrische Nagelfeile nicht abgeschaltet hatte.

Als sie die Badezimmertür öffnete und das Licht anknipste, stieß sie einen lauten Schrei aus und schlug die Hände vor das Gesicht. Zu spät! Sie konnte die Tür nicht mehr schließen und versuchte zu fliehen, aber die Tausende von Stechmücken, die aus dem kleinen Raum quollen, stürzten sich gierig auf ihr Opfer. Hungrig und blutdurstig ließen sie sich auf der bloßen Haut der Frau nieder und stachen zu.

Nur wenige Minuten später explodierte eines der kleinen Elektrofahrzeuge, mit denen man durch die Gartenanlage des Hotels zum Golfplatz fahren konnte. Dabei wurden ein Schwede und seine Frau leicht verletzt.

Das dritte Unglück ereignete sich in den Räumen des Maharadschas, wo ohne ersichtlichen Grund ein Feuer ausbrach. Es loderte schnell auf, und bald schlugen die Flammen aus einem der Fenster. Da das Hotel jedoch eine eigene kleine Löschtruppe besaß, konnte der Brand glücklicherweise rasch unter Kontrolle gebracht werden.

Der Maharadscha ordnete verschärfte Sicherheitsmaßnahmen an. Jeder, der seinen Besitz betrat, sollte in Zukunft kontrolliert werden. Alle Zimmer des Ho-

tels wurden durchsucht, sämtliche Bediensteten befragt.

Als die Knickerbocker-Freunde von all dem erfuhren, wurde ihnen immer unbehaglicher zu Mute. Lieselotte wartete nicht mehr, sondern marschierte zum Chef des Hotelempfangs und bat ihn um ein Gespräch. Sie erzählte dem Mann alles, was sie wusste, aber dieser glaubte ihr kein Wort. Lilo verlangte die Zeitungen der vergangenen Tage und bat ihn die Anzeigen laut zu übersetzen.

Der Mann tat es und Lieselottes Gesicht wurde immer länger, als er zum Ende kam und kein einziges Inserat das Kennwort „Giftkralle“ enthalten hatte. Da das Mädchen es nicht glauben wollte, rief der Mann einen Kollegen, der alles bestätigte.

Das Superhirn schlich mit hängenden Schultern zum Swimmingpool zurück. Lieselotte hatte die Angst gepackt. Entweder wurde mit der Knickerbocker-Bande ein bitterböses Spiel getrieben, in das auch Laru verwickelt war, oder aber die Angestellten des Hotels steckten alle unter einer Decke. Sicherheitskontrollen, dass ich nicht lache!, dachte Lilo und erschauderte. Wahrscheinlich sind die Wachleute diejenigen, die all die schrecklichen Taten verursachen. Sie waren von Feinden umgeben und mussten um ihr Leben zittern. Zum ersten Mal wollte Lilo nur noch eines: Fort! Nach Hause! Weg! Raus aus diesem Bann des Bösen!

Keuchend, schwitzend und dreckig kam Walter Morris zu Axel, Poppi und Lieselotte an den Pool gestürzt. „Sind Dominik und Arthur zurückgekommen?“, fragte er aufgebracht. Die drei schossen in die Höhe und verneinten.

„Dann … dann … wurden sie … ich weiß nicht, was“, stammelte Mister Morris. „Sie wollten die Schule besichtigen, und weil dort niemand war, bin ich los, um mich nach dem Grund zu erkundigen. Als ich zurückkam, waren beide weg. Verschwunden. Spurlos!

Eiserne Fesseln

Onkel Arthur war der Erste, der wieder zu sich kam. In seinem Kopf dröhnte es heftig und er hatte das Gefühl, als würden sieben Boxhandschuhe immer wieder von innen gegen seine Schädelknochen schlagen. Die Augäpfel, die Ohren, der Nacken und der Scheitel, alles war ein einziger Schmerz.

Der Reporter, der auf gepflegtes Äußeres großen Wert legte, sah sehr ungewohnt aus. Seine immer geföhnten dunklen Haare waren brutal kurz geschoren worden und standen ihm in wilden Büscheln vom Kopf. Seine Mundwinkel waren blutig und die Nase verschwollen. Als er zu Boden gesunken war, schien er mit dem Kopf auf etwas Hartes gefallen zu sein.

Dominik war es auch nicht besser ergangen. Auch ihm hatte jemand die Haare wie mit einer Zange abgezwickt und er hatte mehrere Schrammen davongetragen. Er brauchte lange, um wieder zu sich zu finden. Die Schmerzen im Kopf ließen ihn erst nach einer Stunde die Augen öffnen.

„Wie … wie geht es dir?“, hörte er die Stimme seines Onkels. Dominik stöhnte zur Antwort nur. „Mir genauso!“, erwiderte Arthur.

Beide waren an feste, besonders stabil gebaute Stühle gefesselt. Gefesselt war noch milde ausgedrückt. Der Unbekannte, der sie überfallen hatte, musste sich größte Mühe gegeben haben. Die Arme und Beine der Gefangenen waren sorgfältigst an Armlehnen und Stuhlbeine gebunden. Die einzelnen Wicklungen lagen so dicht beisammen, dass weder Haut noch Hosenbeine zu sehen waren.

Onkel Arthur versuchte den schmerzenden Kopf ein wenig zu drehen, um nachzusehen, wo sie sich überhaupt befanden. Es war ein ziemlich dunkler, sehr heißer Raum, in dem es übel stank. Von oben und von der Seite kam durch feine Ritzen zwischen den Brettern der Wände etwas Licht. „Das … das hier muss ein Stall sein“, erklärte Dominik. Sein Onkel gab ihm Recht. „Wie … wie kommen wir hier wieder raus?“, fragte er. Dominik sah keinen Weg. „Schreien, wir müssen schreien, damit uns jemand hört und befreit!“, keuchte er. Er hatte schrecklichen, quälenden Durst und sein Mund war völlig ausgetrocknet. Trotzdem öffnete er die Lippen und versuchte zu brüllen. Ein Krächzen war alles, was er schaffte. Onkel Arthur brachte auch nicht mehr zu Stande. „Die Hitze … das ist die Hölle“, jammerte Dominik.

Dutzende Fliegen umschwirrten sein Gesicht und ließen sich auf seinen Wangen nieder. Der Junge zuckte und schnitt Grimassen, um sie loszuwerden. Falls sie hier nicht bald jemand herausholte, würden sie verdursten.

Vor Dominiks Augen tauchte Lieselottes Gesicht auf. „Nicht aufgeben! Klar denken!“, sagte sie eindringlich zu ihm. Das war leicht gesagt! Der Junge zog und zerrte an den Fesseln, aber sie schnürten sich nur noch enger zusammen, und das tat teuflisch weh. „Keine Chance, wir können uns nie befreien!“, wimmerte Onkel Arthur. „Ich habe einmal in einem Bericht von Geiern gelesen, die sterbende Menschen zu zerfetzen beginnen.“ Dominik musste trotz allem lachen.

„Quatsch, Onkel! Wir sind hier in einem Stall und nicht in der Wüste. Hier fressen uns höchstens die Fliegen."

Eine Weile saßen die beiden still da und schwiegen. Die Strahlen der Sonne wanderten wie Leuchtzeiger über den dreckverkrusteten Boden und Dominik starrte sie nachdenklich an.

Inmitten des engen Stalles sah er zu seiner Rechten eine kleine Mauer aus abgeschlagenen, scharfkantigen Steinen. Vielleicht waren dort einmal Ziegen angebunden worden. Der Knickerbocker befand sich mit seinem Sessel nicht einmal einen Meter davon entfernt. Dominik nahm alle Kraft zusammen und versuchte mit dem Stuhl zu wippen und zu schaukeln. Er hatte kaum Möglichkeit, Schwung zu holen, da auch sein Oberkörper angebunden war. Trotzdem ließ er nicht locker und probierte es immer wieder.

Schließlich kippte der Sessel nach rechts, und die Armlehne stieß gegen die Mauer. In dieser unbequemen schrägen Lage hing der Junge nun da und versuchte hin und her zu rutschen. Die Windungen seiner Fesseln scheuerten dabei an den Kanten der Steine, und er hoffte, sie auf diese Art zerschneiden zu können.

Der Schweiß rann dem Jungen über den Körper, die Schmerzen breiteten sich langsam in alle Gliedmaßen aus und er bekam das Gefühl, sich übergeben zu müssen. Trotzdem werkte er weiter und weiter und versuchte zu erkennen, ob die Schnur schon rissig wurde. Was er sah, entmutigte ihn. Sein Unternehmen hatte keinen Erfolg. Er würde nie loskommen. Dominik beschloss aufzugeben. Er konnte nur hoffen, dass seine Kumpel nach ihm suchten und ihn fanden. Er holte

Schwung, um sich wieder in eine aufrechte Lage zu bringen, warf den Oberkörper nach links und stieß einen heiseren Schrei aus. Der Sessel war nach hinten gekippt. Die Welt schien für den Juniordetektiv einzustürzen, die Decke des Stalles kam auf ihn herab und die Wände drehten sich.

Peng! Die Lehne krachte auf und die Welt stand wieder still. Der Knickerbocker wusste nicht, ob er träumte oder wachte. Er lag auf dem Rücken, die Beine in die Luft gestreckt, und kam sich wie ein Maikäfer vor. Aber da war noch etwas. Er konnte es kaum glauben. Sein rechter Arm ließ sich wieder bewegen. Nicht sehr weit, aber ein bisschen.

„Die Lehne … sie ist zerbrochen“, entdeckte der Junge. Er werkte und zerrte, ruckte, kämpfte und riss, und das Unmögliche geschah: Der Stuhl brach auseinander und nach einigen Verrenkungen schaffte es der Knickerbocker, die Fesseln abzustreifen und sich zu befreien.

Mit einiger Mühe konnte er auch die Knoten der Schnüre seines Onkels lösen und gemeinsam torkelten die beiden ins Freie. Sie mussten einander stützen und wussten nicht, ob sie weinen oder lachen sollten. Draußen angekommen, drehten sie sich im Kreis und konnten es kaum glauben. Sie waren mitten auf einem Feld. Im Norden erhoben sich sanfte Hänge und im Süden sahen sie Rauchfahnen aufsteigen. Ein langer Marsch stand ihnen bevor …

Ein Fest des Schreckens?

23 Uhr, Palasthotel.

Dominik lag ausgestreckt auf seinem Bett, hatte einen großen Eisbeutel auf dem Kopf und die Augen geschlossen. Rund um ihn standen seine Knickerbocker-Kumpel und betrachteten ihn mitleidig. Er war erst vor einer Stunde mit Onkel Arthur zurückgekehrt, völlig erschöpft, zerschunden und geschwächt. Niemand hatte ihnen auf ihrem langen Marsch auch nur einen Tropfen Wasser gegeben. Wo immer sie angeklopft hatten, waren sie abgewiesen worden. Die Leute hatten vor ihnen ausgespuckt und sogar Steine nach ihnen geworfen.

„Wir sind uns wie Aussätzige vorgekommen", stöhnte Dominik. „Was … was haben wir getan … warum wurde uns diese Behandlung zuteil?" Lieselotte hatte eine Erklärung. Es musste mit den geschorenen Haaren zu tun haben. Offenbar waren sie ein Zeichen für … ja wofür? Für Verbrecher? Für Menschen, die Böses planten?

Das Superhirn wollte noch in den Leseraum des Hotels gehen, um in Büchern nach einer Antwort zu suchen. Sie verabschiedete sich von den anderen und lief durch die ruhigen Gänge. Vom Innenhof aus ging sie durch die Kuppelhalle zu den offenen Bogenfenstern und blickte auf den See hinaus.

Da! Da war Licht! Auf dem Hügel blinkte es wieder. Lieselotte sprang in den Garten und starrte zum Obergeschoss hinauf.

Poppi hatte Recht gehabt! Es wurden Blinkzeichen gegeben. Aber von wem?

Das Mädchen steckte Daumen und Zeigefinger in den Mund und stieß einen gellenden Pfiff aus. Das Blinken wurde sofort eingestellt und eine dunkle Gestalt beugte sich für den Bruchteil einer Sekunde aus dem Fenster. Als sie das Mädchen sah, zuckte sie zurück. Leider hatte Lilo nicht erkennen können, um wen es sich handelte. Es hätte jeder sein können, dem sie in den vergangenen Tagen begegnet war.

Da! Abermals wurde geblinkt. Das Licht auf dem Hügel antwortete und erlosch schließlich. Lieselotte wischte sich nervös über das müde Gesicht. Sie war jetzt so aufgeregt, dass an Schlaf überhaupt nicht mehr zu denken war. Das Mädchen lief in die kleine, aber feine Bibliothek und suchte die Regale ab. Sie fand leider keine Bücher über Indien und seine Bräuche. Die hätten sie jetzt am meisten interessiert.

Lilo entdeckte nur einen alten, sehr abgegriffenen Band mit einer Abbildung des Maharadscha-Palastes auf der ersten Seite. Leider war das Buch in Hindi, und sie konnte es nicht lesen.

„Mädchen, was machst du hier noch so spät?“, rief ihr jemand von der Tür her zu. Lilo erschrak so heftig, dass sie das Buch in einem hohen Bogen von sich warf. Mister Morris hatte offensichtlich nach ihr gesucht und schien sehr aufgelöst.

Das Superhirn sah auf die Uhr. Es waren eineinhalb Stunden vergangen, seit sie in die Bibliothek gekommen war. Die Zeiger standen fast auf eins. „Habt ihr Nachricht von Dominik und seinem Onkel? Die örtliche Polizei hat die beiden nämlich nicht gefunden …“

Lilo unterbrach den Kanadier und konnte ihn beruhigen: „Sie sind beide zurück, haben aber Schreckliches durchgemacht." Der Mann setzte sich zu ihr und Lieselotte erzählte in Stichworten, was sie wusste.

„Hier ist der Teufel los!", stellte Mister Morris fest. „Ich … ich fürchte schön langsam um unser aller Leben, und keiner ist dazu zu bewegen, etwas zu unternehmen. Dabei soll übermorgen hier im Park des Palastes das alljährliche große Fest des Maharadschas gefeiert werden. Die Hotelgäste sind alle eingeladen und es werden auch zahlreiche ehrenwerte Bürger der Umgebung erwartet. Garten und Palast werden in einem Blumenmeer untergehen, die Elefanten werden mit bunten Farben kunstvoll bemalt werden und die Künstler, Fakire und Tänzer des Reiches werden sich versammeln. Ich … fürchte das Schlimmste. Wieso soll ausgerechnet an diesem Tag die Kette der Unglücksfälle abreißen?"

Lilo hatte endlich jemanden gefunden, der sie nicht für verrückt hielt. Aus diesem Grund begann sie Mister Morris alles anzuvertrauen, was sie erlebt und beobachtet hatte. „Du meinst, es hat etwas mit dem verfallenen Palast auf dem Hügel zu tun?", fragte er, als sie ihre Erzählung beendet hatte. Lilo nickte. „Wir müssen hinauf und herausfinden, was hier gespielt wird. Vielleicht können wir dann die Serie der Schreckenstaten endlich unterbrechen!"

Der kanadische Journalist überlegte. „Was bleibt uns anderes übrig? Du hast Recht. Es handelt sich hier um einen Schreckensplan, dessen Ziel und Zweck wir nicht kennen. Pass auf, ich bin dabei. Ihr könnt auf mich zählen. Morgen besuchen wir den alten Palast."

Lieselotte war spürbar erleichtert. Endlich konnten sie etwas unternehmen und kamen aus dieser Verschwörerhölle heraus!

Bevor sie in die Suite der Bande zurückkehrte, suchte sie noch das Buch, das ihr vorhin aus der Hand gefallen war, und nahm es mit.

Das Geheimnis der Palastruine

Die Fahrt zu dem verfallenen Palast verzögerte sich. Am Vormittag war Dominik einfach noch zu müde und sein Kopf schmerzte heftig. Die Bande hatte am Morgen beschlossen, ab jetzt nur noch gemeinsam zu ermitteln. Hier wurde mit allen Tricks gearbeitet, und die konnten sie am ehesten zu viert aufdecken.

Außerdem hatte Walter Morris Schwierigkeiten einen Wagen zu bekommen. Zum Fest des Maharadschas kamen zahlreiche Gäste und die Autos des Hotels waren alle im Einsatz.

Am späten Nachmittag fühlte sich Dominik dann aber wieder fit genug, um mitzukommen. Mister Morris hatte Lilo am Empfang einen Zettel hinterlassen, dass er um 18.30 Uhr für die Abfahrt bereit sein würde. Die Bande wollte Onkel Arthur nichts von ihrem Vorhaben erzählen, denn er wäre bestimmt nicht damit einverstanden gewesen.

„He … wo ist Laru? Er sollte doch längst zurück sein!“, fiel Poppi plötzlich auf. Die anderen gaben ihr Recht. Der kleine Inder hatte sich fast 36 Stunden nicht blicken lassen.

Es blieb keine Zeit, nach ihm zu suchen, und die Bande tröstete sich mit dem Gedanken, dass der Junge vielleicht wieder ein paar Schlangen fangen musste. So recht glaubten sie aber selbst nicht daran.

Als die vier bereits vor dem Hotel auf ihren neuen Freund warteten, machte Poppi noch einmal kehrt und rannte in das Zimmer zurück. „Was hast du gemacht?“, erkundigte sich Lilo bei ihrer Rückkehr. „Bananen geholt!“, antwortete das Mädchen und zeigte auf den prallen kleinen Lederrucksack. „Fateh hat doch gesagt, wir sollen Bananen mitnehmen, wenn wir zum alten Palast fahren.“ Lilo lächelte milde. Manchmal glaubte Poppi auch wirklich jeden Quatsch.

„Habt ihr Fateh vorhin gesehen?“, fragte Axel die anderen. Nein, keiner war ihm begegnet. „Er hält sich im Hof auf, hat die Beine hinter dem Kopf im Nacken verschlungen und steht auf seinen Händen! Und das seit einer Stunde! Ich wollte wieder mit ihm reden, aber er hat mir nicht geantwortet.“

Lilo grinste abfällig. „Natürlich nicht, weil er mit diesen Gaunern unter einer Decke steckt!“

Es hupte und Mister Morris fuhr mit einem geräumigen Geländejeep vor. Die Knickerbocker-Bande stieg ein und es ging los. Die vier spürten, wie aufgeregt und unruhig sie waren. Was würde sie auf dem Hügel erwarten? Es musste die Antwort auf alle offenen Fragen sein.

Die Fahrt dauerte eine knappe Stunde und führte über staubige, holprige Landstraßen und Feldwege zum Fuße des Hügels, der vom See abgewandt war. Mister Morris hielt und erklärte: „Den Rest des Weges müssen wir zu Fuß zurücklegen. Ich kann nicht weiterfahren.“

Um diese Tageszeit war es zum Glück bereits ein wenig kühler, sodass der Aufstieg nicht allzu beschwerlich wurde. Nach dreißig Minuten hatten sie die Palastruine erreicht und standen vor mehreren breiten, verwinkelten Treppen, die aber alle zu einem Punkt hinzuführen schienen. Das hohe Tor wurde von zwei riesigen Elefanten gebildet, die kunstvoll verzierte Türme mit einer Verbindungsbrücke auf den Rücken trugen.

Links und rechts davon erstreckten sich verschiedene Gebäude mit Kuppeln, Säulen, Höfen, Aufbauten, Götterfiguren und Tierstatuen. Die Anlage musste von einem reichlich verwirrten Baumeister errichtet worden sein, der sich offenbar nie entscheiden hatte können und immer wieder etwas dazugebaut hatte.

Sie erklommen Stufe um Stufe und betraten schließlich die eigentliche Palastanlage, die um einen großen Platz herum angelegt war. In der Mitte erhob sich ein pyramidenförmiger Turm, der auf vier wuchtigen Säulen stand und wie ein riesenhafter Wächter wirkte.

„He ... seht nur ...!" Dominik hatte sich umgedreht und deutete zum Fuße des Hügels. Dort waren zahlreiche flackernde Fackeln aufgetaucht, die sich langsam den Hang hinaufbewegten. „Die kommen hierher!", stieß Poppi hervor. „Wir müssen uns verstecken, schnell!", rief Lieselotte. Sie gab den anderen ein Zeichen mitzukommen.

Das Mädchen beschloss, nach oben zu steigen, damit sie den Fackelzug beobachten konnten, ohne selbst gesehen zu werden. Lilo betrat eines der Gebäude und entdeckte eine steinerne Treppe. Sie hastete hinauf, die anderen folgten ihr. Durch eine Luke ging es auf das Dach, das von einer niedrigen Brüstung umgeben war. Der Platz war zum Verstecken bestens geeignet.

Sie konnten die gesamte Palastanlage bis zum Elefantentor überblicken und sahen sogar das ferne Ufer des Sees, wo sich der Palast des Maharadschas befand.

„He ... wo ... wo ist Mister Morris?", fragte Poppi. Axel, Lilo und Dominik blickten einander ratlos an.

Keiner hatte den Mann in den letzten Minuten gesehen. Er war doch bei ihnen gewesen oder nicht?

„Help! Hilfe!", ertönte in dieser Sekunde sein Schrei. „Hiiiilfe!" Axel blickte sich suchend um. Wo war der Mann? Woher kam seine Stimme?

„Mister Morris? Wo sind Sie?", brüllte Dominik.

„Hier ... im Hof ... schnell ... bitte helft mir!", antwortete der Mann, dem etwas Entsetzliches zugestoßen sein musste. Axel rannte los, Dominik, Lieselotte und Poppi ihm nach. Als das jüngste Mitglied der Bande durch die Luke schlüpfte, hielt es plötzlich jemand zurück. Poppi riss und zerrte, aber sie kam nicht vom Fleck. Das Mädchen wollte schreien, aber der Schreck schnürte ihr die Kehle zu. Der Schock wurde noch größer, als sie die Schritte ihrer Freunde im Hof hallen hörte. Nicht weglaufen! Sie mussten doch auf sie warten! Sie konnten sie hier nicht allein lassen ... Poppi versuchte den Kopf zu drehen, um zu sehen, wer sie da fest hielt, und -

Da schrie Axel auf! Dann Dominik, und Lieselotte brüllte auch. Aber höchstens zwei Sekunden lang. Dann verstummten ihre Stimmen und es war wieder still. Poppis Unterkiefer zitterte so heftig, dass sie mit den Zähnen zu klappern begann. Sollte sie nach ihren Freunden rufen?

Unten im Hof waren Geräusche zu hören. Die Leute mit den Fackeln trafen ein. Poppi blieb stumm. Da fiel ihr wieder der Kerl ein, der sie fest hielt. Das Mädchen erschauderte. Es begann immer heftiger zu beben und wartete, dass sein Peiniger etwas unternahm. Wieso tat er nichts? Warum sagte er kein Wort?

Auf einmal knirschte es und Poppi stürzte auf die

kühlen Steinstufen. Regungslos blieb sie sitzen und wartete auf den Griff der eisernen Faust, die sie wieder packen würde. Aber nichts dergleichen geschah.

Vom Ende der Treppe drangen immer mehr Stimmen zu ihr. Der Schein der Fackeln fiel durch die Türöffnung und malte gespenstische Schatten an die Wand. Schließlich brachte Poppi den Mut auf, den Kopf zu drehen und sich umzusehen.

Das gab es doch nicht! Da war niemand! Poppi holte mit zitternden Händen ihre Taschenlampe aus dem Rucksack, drehte sie vorne, damit der Strahl besonders klein und eng wurde, und leuchtete die Wand ab. Metallstangen! Es ragten verrostete Stangen aus der Wand, von denen eine abgebrochen war. Sie war nur mit ihrem Rucksack hängen geblieben.

Poppi atmete tief durch und überlegte, was sie jetzt tun sollte. Sie entschloss sich, nach oben auf das Dach zu kriechen und von dort alles zu beobachten. Sie musste erst einmal einen Überblick bekommen, bevor sie etwas unternehmen konnte.

Auf dem Platz waren zehn Männer eingetroffen, zehn in schwarze Gewänder gehüllte Männer. Doch diesmal konnte das Mädchen die meisten Gesichter erkennen, da keine Tücher davor gebunden waren. Poppi erkannte unter den Fackelträgern drei Diener aus dem Hotel und die Männer vom Empfang.

Die zehn Verschwörer hatten etwas gebracht. Es war ein toter Tiger, der aus einer kleinen Wunde an der Vorderpfote blutete. Poppi schluckte. Es war schrecklich für sie, ein totes Tier sehen zu müssen.

Auf dem Gebäude, das ihrem Versteck gegenüberlag, bewegte sich etwas. Das Licht der Dämmerung war bereits ziemlich schwach geworden, aber trotzdem konnte das Mädchen mehrere Köpfe ausmachen. Versteckte sich dort auch jemand? Waren noch andere Leute hier? Waren es Freunde oder Feinde?

Ein leises Schnattern und Kreischen ertönte und einer der Männer feuerte einen Schuss ab, worauf die Laute sofort verstummten.

Danach war Poppi klar, wer sich noch im Palast aufhielt: Affen! Sie waren ihr bestimmt keine Hilfe.

Die zehn Männer sprachen mit gesenkten Stimmen aufgeregt durcheinander. Sie machten den Eindruck, als würden sie auf jemanden warten. Aber auf wen?

Das gefährlichste Tier des Dschungels

Ohne Vorwarnung schossen Flammen zwischen den Säulen des Turmes hervor, der sich in der Mitte des Platzes befand. Sie loderten zum Himmel und die schwarz gekleideten Männer warfen sich flach auf den Boden.

Poppi schloss geblendet die Augen. Als sie nach dem ersten Schreck wieder einen Blick wagte, zuckte sie zusammen. Unter dem Pyramidendach war eine schneeweiße Gestalt aufgetaucht. Es war der Lehrer, der angeblich tote Lehrer. Wallende Stoffbahnen hingen von seinen Schultern, waren locker zwischen den Beinen wieder nach oben geschlungen und um seine Arme gewickelt. Über den Kopf war ein großes Tuch geworfen, dessen vier Zipfel auf Brust und Rücken fielen: Das Gesicht des angeblich Toten war völlig verborgen.

Mit tiefer Stimme begann die Erscheinung zu sprechen. Wie damals im Schlangentempel klangen die Sätze kurz, abgehackt und gebellt. Sie hob den rechten Arm, worauf einer der Männer aufstand und mit einer kleinen Schere begann, dem Tiger die Schnurrhaare abzuschneiden. Er sammelte sie zwischen Zeigefinger und Daumen der linken Hand und zeigte sie der weißen Gestalt. Diese gab daraufhin weitere Anweisungen, und am Klang der Worte glaubte Poppi zu erkennen, dass der Vermummte nicht zufrieden war. Der Mann mit den Tigerbarthaaren verneigte sich immer wieder tief und schien sich zu entschuldigen.

Abermals loderte das Feuer auf, noch höher als beim

ersten Mal. Danach war die Stelle zwischen den vier Säulen des Turmes wieder leer. Die Männer erhoben sich, griffen nach den Fackeln, die sie in den sandigen Boden gesteckt hatten, und verließen den Palast.

Poppi leckte sich immer wieder nervös über die Lippen. Was hatte das zu bedeuten? Wieso hatten sie dem Tiger die Barthaare gestutzt? Bei jedem lebendigen Tier wäre das eine Quälerei gewesen, denn Katzen - und zu dieser Tiergattung gehörte auch der Tiger - ertasteten mit diesen Haaren, ob eine Öffnung zum Durchschlüpfen groß genug war. Ohne Schnurrhaare konnten sie manchmal reichlich ungeschickt und unbeholfen sein.

Was soll ich jetzt machen?, überlegte Poppi. Wo waren die anderen? Wie konnte sie ihnen helfen?

Unten auf dem Platz knirschte es. Im Turm bewegte sich etwas und eine Gestalt kroch heraus. Es war der „Geist" des Lehrers, der sich nun aber ziemlich lebendig benahm. Poppi versuchte mehr von ihm zu erkennen, doch das war nicht möglich. Die Dunkelheit war hereingebrochen und der Mond, der in der nächsten Nacht voll sein würde, ging gerade erst auf. Der Geist bückte sich und abermals knirschte es. Offensichtlich befand sich, wie im Schlangentempel, eine Art Geheimtür im Boden.

Die weiße Erscheinung eilte zum Elefantentor und blickte den Fackeln nach. Danach überquerte sie den Platz und kam direkt auf das Gebäude zu, in dem sich Poppi befand. Dem Mädchen stockte das Blut in den Adern. Der Geist wollte zu ihr!

Poppi sah sich nach einem Versteck um. Schon hörte sie die Schritte des „Toten" am Treppenabsatz.

Das jüngste Mitglied der Bande hastete auf Zehenspitzen quer über das flache Dach zu einer Figur, die halb Mensch, halb Elefant war und wie ein Baby auf dem Hinterteil hockte. Dominik hatte ihr in einem Buch ein Bild dieser Gestalt gezeigt. Es war Ganesh, eine indische Gottheit, die angeblich Glück brachte.

„Jetzt zeig, was du kannst!“, hauchte Poppi und kauerte sich hinter die Statue. Sie hielt den Atem an und presste sich gegen den Stein. Kam der Geist, um sie zu holen, dann würde er sie bestimmt finden. Vielleicht hatte er sie schon vorher entdeckt und nur gewartet, bis die Männer verschwunden waren, um sie zu beseitigen, wie er das auch mit ihren Kumpeln und Mister Morris getan hatte.

Die weiße Gestalt war bereits auf dem Dach. Mit großen Schritten hastete sie zu der Dachkante, die dem See zugewandt war. Poppi wagte es nicht, sich vorzubeugen und einen Blick zu riskieren. Sie konnte auch an den Geräuschen erkennen, was der „Tote“ tat. Es klickte in bestimmten Abständen. Er gab Blinkzeichen!

Als er damit fertig war, verschwand er wieder. Poppi kauerte so lange hinter der Ganesh-Figur, bis die Schritte des angeblich Verstorbenen die große Steintreppe, die vom Palast wegführte, hinuntereilten. Erst dann wagte sich das Mädchen aus seinem Versteck. Es tätschelte der Gottheit den Rüssel und keuchte: „Gut gemacht, danke!“

Poppi war jetzt mutterseelenallein in der riesigen Anlage. Ihre Knickerbocker-Freunde und Mister Morris waren verschwunden und sie hatte nicht den geringsten Anhaltspunkt, wohin. Es war aber auch unmöglich für sie, Hilfe zu holen. Die nächsten bewohnten Häuser waren drei Gehstunden entfernt.

Das Mädchen knipste seine Taschenlampe an und begann zu pfeifen. Poppi musste das tun, um nicht einfach auf dem Dach sitzen zu bleiben und in Tränen auszubrechen. Pfeifen machte ihr manchmal Mut.

Sie tastete sich die Treppe hinunter und betrat den großen Platz. Langsam ließ sie den Lichtkegel der Taschenlampe über die Gebäude und den Turm gleiten. Sie leuchtete auf den regungslos daliegenden Tiger und bekam feuchte Augen. Und wenn diese Männer mit ihren Freunden dasselbe gemacht hatten? Vielleicht lebten die drei gar nicht mehr, vielleicht waren sie auch schon tot wie der Tiger?

Die riesige Raubkatze zog das Mädchen an wie ein Magnet. Poppi näherte sich dem Tier, und immer heftiger rannen ihr die Tränen über die Wangen. Ihr Blick war bald völlig verschleiert und ihre Lippen zuckten. Langsam beugte sie sich zu dem toten Tier. Sie berührte das dichte, glatte, fast ein wenig harte Fell und ließ die Hand darauf ruhen.

Aber was war das? Unter der Haut spürte Poppi das Pochen des Herzens. Im Körper der Raubkatze pulsierte noch das Blut. Die Tierfreundin lenkte den Lichtstrahl auf den Kopf des Tigers und betrachtete die glasigen Augen. So sahen auch Tiere aus, die vom Tierarzt narkotisiert worden waren. War dieser Tiger vielleicht nur angeschossen worden und geschockt?

Poppi wusste, dass ein Schock oft wie eine Betäubung wirken konnte. Eine Betäubung, die plötzlich wieder nachlassen konnte. Möglicherweise hatte aber auch nur einer der Jäger dem Tier mit einem Prügel auf den Kopf geschlagen und es nicht getötet.

Das Mädchen wich zurück und schrie entsetzt auf.

Die Pfoten des Tigers hatten heftig zu zucken begonnen. In der nächsten Sekunde sprang das Tier auf die Beine, stieß ein schauriges Gebrüll aus und setzte zum Sprung auf Poppi an. Die Verletzung am Vorderbein ließ den Tiger kurz straucheln, doch der stechende Schmerz schien ihn nur noch wilder zu machen.

„Das gefährlichste Tier des Dschungels ist ein verletzter Tiger", hatte Laru Poppi erzählt. „Ein angeschossener Tiger hat sogar schon Jäger mit einem Prankenhieb von einem Elefanten herabgeholt und getötet."

Poppi rannte blindlings los, hörte das Brüllen hinter sich, hörte das Keuchen und das Kratzen der Krallen auf den Steinen. Der Tiger torkelte, aber er schien den Schock zu überwinden und immer mehr zu sich zu kommen. Er wollte sich für die Verletzung rächen, und dafür gab es nur ein Opfer: die kleine Gestalt vor ihm!

Wer hat das Verderben gebracht?

Was war mit Lilo, Dominik und Axel geschehen? Als die drei aus dem verfallenen Gebäude auf den Platz gelaufen waren, hatten sie - an der Seite, die dem Elefantentor gegenüberlag - einen Lichtschein hinter einem Torbogen erspäht. Sie waren hingelaufen und hatten etwas Grässliches entdeckt. In dem Raum befand sich der Kopf von Mister Morris. Er lag auf einem Tisch und hatte etwas von „Hilfe … kommt zu mir!“, gestammelt. Die drei Knickerbocker aber waren entsetzt zurückgewichen, worauf ein Arm aus der Finsternis hervorgeschnellt war und Axel in das Haus gezerrt hatte. Dominik wollte seinen Kumpel zurückziehen, aber da wurde auch er gepackt, und als Lieselotte einen Schritt nach vorn machte, ergriff die Hand auch sie.

Die Juniordetektive spürten, wie der Boden unter ihren Füßen verschwand und sie ins Nichts stürzten. Sie fielen, schlugen im Sand auf und rutschten noch ein Stück weiter in die Dunkelheit. Axel blieb als Erster liegen und diente Lieselotte und Dominik als Bremsbock.

Rund um die drei war es stockfinster. „Dominik … Axel … Poppi?“, meldete sich Lieselottes zitternde Stimme. „Ja … wir sind da!“, antworteten die Jungen. Alle drei hatten ihre Taschenlampen noch bei sich und knipsten sie an. Sie leuchteten den Raum ab, in dem sie sich befanden. „Das ist ein Gang … ein Tunnel …!“, stellte Dominik fest. Axel rappelte sich auf und bemerkte, dass er gerade aufrecht stehen konnte. Jeder, der zehn Zentimeter größer war als er, musste hier gebückt gehen. Der Junge kroch zu der Stelle zurück, wo sie in die Tiefe gestürzt waren, und leuchtete nach oben. Wer auch immer sie in diese Falle gelockt hatte, musste die Öffnung im Boden wieder verschlossen haben.

„Habt ihr das kapiert … mit dem Kopf … Was war das?“, stieß Dominik hervor. Lilo schüttelte angewidert den Kopf. „Das war der reine Horror. Der Kopf war vom Körper abgetrennt und hat trotzdem gesprochen! Poppi, du … Wo ist Poppi?“ Erst jetzt fiel den dreien auf, das ihr jüngstes Bandenmitglied nicht da war. Wo war Poppi geblieben?

Die Knickerbocker waren ratlos. Würde sie jemand aus dieser Falle befreien?

Über ihnen regte sich nichts. Axel begann zu rufen, sah aber bald ein, dass aus diesem steinernen Gang kein Laut nach außen drang.

„Wir müssen versuchen, den Deckel dieser Falle in die Höhe zu stemmen“, beschloss das Superhirn. „Vergiss es“, antwortete Axel. „Das ist eine Art Schacht, wie bei einem Kanal, wir kommen da nicht hinauf. Selbst dann nicht, wenn wir eine Pyramide bilden“, fügte er hinzu, als Lieselotte zu einem Einwand ansetzte.

„Aber bloß herumsitzen können wir auch nicht“, entschied das Superhirn. „Dann … dann gehen wir den Gang weiter und schauen, wohin er führt.“

„Und was ist mit Poppi?“, fragte Dominik. Lieselotte zuckte hilflos mit den Schultern. „Hier unten können wir nichts für sie tun.“ Das leuchtete dem Jungen ein.

Stumm begannen sie dem Lauf des Tunnels zu folgen. Es war ein Gang, der bei der Erbauung des Palastes in den Fels des Hügels geschlagen worden war und immer weiter nach unten führte. Der Gang war eng und wurde nicht höher. Dominik hatte in einem seiner schlauen Bücher von solchen Gängen gelesen. „He, hört mal! Dieser Tunnel könnte zum See führen. Paläste und Festungen hatten solche Gänge, damit sie im Falle einer Belagerung weiter mit Wasser versorgt werden konnten. Und die Gänge waren deshalb so niedrig, damit Kämpfer hier nicht ihr Schwert ziehen konnten."

„Danke für den Vortrag!", knurrte Lieselotte. Es klang nicht sehr dankbar.

Immer weiter und weiter führte der Gang nach unten. Er schien sich wie eine Spirale in die Tiefe zu bohren.

„He … dort vorne kommt ein größerer Raum", meldete Axel, der die Spitze der Gruppe bildete.

„Hallo … Lieselotte? Axel? Poppi? Dominik?", tönte ihnen eine bekannte Stimme entgegen.

„Laru!", schrien die drei und begannen zu rennen. Sie stolperten in einen breiten, hohen Raum, wo im Schein ihrer Taschenlampen Laru stand. Er sah völlig verstört und mitgenommen aus. Vor Freude umarmten die vier einander. „Wo Poppi?", erkundigte sich der Junge. Die anderen berichteten, was geschehen war, wurden aber von einem leisen Stöhnen unterbrochen. Sie drehten sich um und sahen einen weißhaarigen Mann gegen die Wand gelehnt sitzen. „Wer … wer ist das?", fragte Lilo.

„Das Lehrer Kumar!", stellte der kleine Inder den Mann vor. Er wechselte mit ihm einige Worte in seiner Muttersprache und der Lehrer streckte den Knickerbocker-Freunden die Hand zur Begrüßung hin. Sie setzten sich zu ihm und musterten hastig den Raum. Es handelte sich um eine Art Höhle, die unterirdisch mit dem See verbunden sein musste. In ihrer Mitte befand sich nämlich ein Wasserloch.

„Wird der Lehrer hier gefangen gehalten?“, wollte Axel wissen. Laru nickte. „Seit über einer Woche. Er kein Essen, nur Wasser, und deshalb schon sehr, sehr schwach. Laru gestern entführt und auch hier hineingeworfen.“

Die Juniordetektive seufzten. Sie saßen ganz schön in der Falle. „Was ... was wird hier gespielt?“, murmelte Dominik vor sich hin. Larus Augen leuchteten auf. „Ich weiß jetzt ... aber zu spät!“

Trotzdem begann er alles zu erzählen, was ihm sein Lehrer anvertraut hatte.

Vor zwei Jahren hatte irgendjemand begonnen, die Stimmung auf den Ländereien des Maharadschas zu vergiften. Der Unbekannte tat das geschickt. Er setzte ein böses Gerücht nach dem anderen in die Welt: Der Maharadscha war immer der Missetäter und wollte stets nur das Schlechteste für sein Volk. Der Plan hatte Erfolg. Die Leute wurden unruhig und mürrisch. Sie begannen aufzubegehren, und da tat der Maharadscha das denkbar Dümmste. Er ließ alle Unruhen mit Gewalt niederschlagen. Kumar hatte die Vorgänge beobachtet und war zu dem Schluss gekommen, dass etwas geschehen musste. Vor allem aber machten ihm die kaputten Felder große Sorge. Er entnahm Bodenproben und schickte sie an ein Labor in Bombay. Die Antwort war erschreckend. Das Wasser und die Erde waren mit einem Sprühmittel vergiftet worden. Es handelte sich um ein Mittel, das Teepflanzen, Gewürze und Pfeffer verdorren ließ, den Boden aber für einige andere Pflanzen durchaus brauchbar machte. Bei diesen Pflanzen handelte es sich ausschließlich um Gewächse, aus denen Rauschgift gewonnen werden konnte.

Kumar kam ein Verdacht. Es gab einen Menschen, der aus den Ländereien riesige Rauschgiftplantagen machen wollte. Als er das erkannte, eilte er zu dem Herrscher und fragte ihn, ob er es sei, der das im Sinn hatte. Der Maharadscha war entsetzt und verneinte. Das Land gehörte seit hunderten von Jahren der Familie!

Der Lehrer beschloss, die Bevölkerung aufzuklären und auf den schrecklichen Plan aufmerksam zu machen, und hielt eine kleine Rede auf dem Dorfplatz. Am nächsten Tag fand er eine Nachricht vor, dass er sofort in den Elefantenpalast kommen solle. Hier würde er mehr erfahren.

Erfahren hatte er allerdings nichts. Er wurde gezwungen, einen Brief an seine Schüler zu schreiben, in dem er ihnen „seinen“ letzten Willen mitteilte. Dann wurde er durch die Falltür in die Tiefe gestoßen.

„Von wem? Wer hat das getan?“, wollte Dominik wissen. Der Lehrer wusste es nicht. Der Angreifer hatte sich sehr geschickt angestellt und sich nie gezeigt. Er war stets hinter ihm geblieben und hatte ihn mit einer Waffe bedroht.

Plötzlich richtete sich Dominik auf und fragte: „Leute, woher kommt Mister Morris?“

„Aus Kanada!“, lautete die Antwort seiner Kumpel. Dominik blies die Backen auf und ließ die Luft laut zischend entweichen. „Er steckt hinter allem!“

Axel und Lieselotte verzogen die Gesichter und riefen: „Was? Wieso?“

Dominik hatte eine einfache Erklärung. „Wenn man

euch fragt, woher ihr kommt, und ihr nicht einmal euren Wohnort kennt, wie würdet ihr das nennen?“

„Reichlich beknackt!“, erwiderten die beiden.

„Mister Morris behauptet, in Canberra zu leben. Das ist in Australien!“

Axel fiel es wie Schuppen von den Augen. „Er hat ein Flugzeug, er hat wahrscheinlich auch das Sprühgift verteilt. Er will das Land ruinieren und die Menschen gegen den Maharadscha aufwiegeln, damit er es ihm billig abkaufen und Rauschgift anbauen kann!“

Lieselotte ging im Kopf noch einmal die verschiedenen Zeitabläufe durch und sagte: „Irrtum, der will es nicht kaufen. Der will es erben!“

Kumar, der einige Worte Deutsch sprach und bisher zugehört hatte, hob abwehrend die Hände: „Unmöglich! Er ist doch nicht der Sohn des Maharadschas!“

„Aber er wird sein Schwiegersohn, wenn der Maharadscha tot ist!“, sagte Lieselotte trocken. „Ich wette, dieser Walter Morris heißt in Wirklichkeit James und ist der Freund der Tochter. Er ist Engländer und hat sich an das Mädchen herangemacht: Er will durch sie in den Besitz des Landes kommen. Vielleicht hat das der Maharadscha sogar erkannt.“

Laru war die Sache noch lange nicht klar: „Wozu die Geschichte mit Verbrennung von Lehrer? Wozu die Unfälle? Wozu die bösen Taten?“

Lieselotte hatte auch dafür eine Erklärung: „Weil irgendwann einmal dem Maharadscha ein Unfall passieren wird. Die Bevölkerung wird sagen, dass das so kommen musste. Schließlich haben sie nur Böses über ihn gehört. Die Serie von Zwischenfällen würde das einzige Ziel des Planes völlig verschleiern: Den Maharadscha und seine Frau zu töten, damit seine Tochter das Land erbt!“

Betretenes Schweigen. Das war wirklich ein höllischer Plan. „Ich bin der Meinung, dass das Töchterchen gar nicht weiß, was sein geliebtes Schnuckelschätzchen vorhat. Der hat der Kleinen den Kopf verdreht und wird sie auch beseitigen, wenn ihr erst einmal alles gehört.“

Axel war jetzt klar, wer die Blinkzeichen im Obergeschoss des Palastes gegeben hatte. Es war die Tochter des Herrschers gewesen, die mit ihrem Verbündeten in seinem Versteck Botschaften ausgetauscht hatte.

„Keiner von uns wird die Wahrheit ans Tageslicht bringen können!“, meinte der alte Lehrer.

Lieselotte dachte da anders: „Und ob wir das schaffen werden!“

Poppi rannte, so schnell sie ihre Beine trugen. Ihre Schuhe flogen über den Sand und die Steinplatten, die da und dort in den Boden des Hofes eingelegt waren. Der Tiger blieb ihr dicht auf den Fersen. Er musste einige Male stehen bleiben, kam aber immer in wenigen Sekunden wieder zu Kräften und hetzte ihr nach.

Das Mädchen erreichte das Gebäude, in dem der Rest der Bande verschwunden war. Poppi wusste nicht, was ihren Freunden widerfahren war, und da ihr kein anderer Ausweg blieb, stürzte sie durch das Tor. Wie ein Schwert bohrte sich der Strahl ihrer Taschenlampe durch die Finsternis. Aber was war das? Plötzlich leuchtete sie jemand an!

Das jüngste Bandenmitglied erschrak und wollte umdrehen, aber da tauchte der Tiger auch schon in der Türöffnung auf und versperrte ihr den Rückweg. Poppi drehte sich um: Für den Bruchteil eines Augenblickes war sie erleichtert. Sie hatte sich selbst in einem kleinen Spiegel geblendet, der auf einem Campingtisch stand. (In ihm hatten die anderen Knickerbocker auch den Kopf gesehen. Mister Morris hatte gleich neben der Tür gestanden, um die drei in die Tiefe zu stoßen.)

Der Raum, in dem sich Poppi befand, war das Versteck des Gauners, das mit Klappstühlen, einer Luftmatratze und einem Tisch ausgestattet worden war.

Poppi hetzte weiter, warf die Stühle um, damit sie den Tiger an der Verfolgung hinderten. Dieser aber ließ sich nicht bremsen. Mit mächtigen, wütenden Prankenhieben zertrümmerte er alles, was in seinem Weg lag. Immer wieder brüllte er auf und röchelte: Er schien sehr unter seiner Verwundung zu leiden. Er wollte das Wesen erlegen, das vor ihm floh.

Der Tiger setzte zum Sprung an und stieß sich vom Boden ab. Wie ein orangeroter Pfeil mit schwarzen Streifen glitt er durch die Luft.

Poppi aber hatte Glück im Unglück. Sie stolperte über eine Tasche, die ihr im Weg stand, fiel zur Seite und damit aus der Flugbahn des Raubtieres. Plump klatschte die Riesenkatze auf den Boden, gegen einen offenen Koffer.

Poppi schrie aus Leibeskräften und drehte völlig durch. Sie wirbelte um die eigene Achse und wusste nicht mehr, wo oben und unten war. Wie eine Himmelstür tauchte vor ihr eine Treppe auf. Poppi hechtete auf sie zu, das Keuchen und Geifern des Tigers hinter sich.

Auf allen vieren kämpfte sie sich hinauf, bis sie ein flaches steinernes Dach erreichte. Der Elefantenpalast war fest gebaut und an vielen Stellen gut erhalten. Für Poppi war das ein Vorteil und ein Nachteil. Sie konnte sicher sein, dass kein Stein unter ihren Schuhen nachgeben würde, wusste aber auch, dass der Tiger sich ohne Gefahr fortbewegen konnte.

Und da war er auch schon. Der Tiger hatte das Dach erreicht und trat, nach allen Seiten um sich blickend, in die Nacht hinaus.

Poppi heulte, schluchzte, musste fast kotzen vor Angst und wurde wie von unsichtbaren Händen wild hin und her geschleudert.

Hinter ihr kreischte jemand. Zuerst war es nur eine

Stimme, dann kamen mehrere hinzu. Plötzlich geriet alles rund um sie in Bewegung.

Die Affen, das waren die Affen!

Der Tiger stand gut zwanzig Meter entfernt und war durch den Lärm irritiert. Er warf den Kopf von einer Seite auf die andere, ließ sich zu Boden sinken und begann seine Wunde zu lecken.

Poppi drehte sich um. Hinter ihr war das Dach zu Ende. Sie konnte nicht weiter. Es gab dort einen Baum, aber sie würde Zeit brauchen, um sich auf einen Ast zu schwingen. In diesen Sekunden würde sie dem Tiger völlig ausgeliefert sein.

Da fiel dem Mädchen plötzlich der Rucksack ein. Es nahm ihn im Zeitlupentempo von der Schulter und ließ die Riesenkatze dabei keine Sekunde aus den Augen.

Das mächtige Tier lag im silbernen Licht des Mondes und schien im Augenblick völlig verstört. Poppi musste jetzt alles auf eine Karte setzen. Es gab gar keine andere Möglichkeit. Sie konnte dem Tiger entkommen, wenn alles klappte.

Das Mädchen zog eine Banane aus dem Rucksack und schälte sie. Der Tiger schien das Interesse an seiner Beute völlig verloren zu haben und war nur mit seiner Wunde beschäftigt.

Wie lange noch?

Jetzt kam der schwierigste Teil. Poppi streckte den Arm aus und warf die Banane auf die rechte Seite des Daches. „Bitte … bitte nehmt sie!“, flehte sie innerlich. In ihrem Körper war jeder Muskel angespannt und sie bewegte sich wie eine mechanische Puppe.

Da … wieder kreischte es! Einer der seidig glänzenden Affen stürzte sich tatsächlich auf den Leckerbissen und wollte ihn für sich allein behalten. Damit waren die anderen aber ganz und gar nicht einverstanden. Hartnäckig versuchten sie ihm die Köstlichkeit zu entreißen.

Das jüngste Mitglied der Knickerbocker-Bande nahm sich ein Herz, holte blitzschnell auch die anderen Bananen aus dem Rucksack und schleuderte sie in Richtung des Tigers. Mit viel Krach und Gekreische raste die Affenherde hinterher und bildete eine Mauer zwischen dem Mädchen und dem Tiger. Es würde ein paar Momente dauern, bis die Affen die Gefahr erkannten.

Das Kreischen der Affen und das Brüllen des Tigers verschmolz in ihren Ohren zu einem schauerlichen Konzert. Die Augen voller Tränen suchte sie Halt auf einem der Äste, schob sich weiter, hörte einen der Affen besonders laut schreien und sah aus den Augenwinkeln, wie die Raubkatze sich erhob und wieder auf die Jagd machte.

Poppi versuchte den Stamm zu erreichen, aber plötzlich waren alle Äste verschwunden. Der Tiger duckte sich und schlich immer näher heran. Es war die Angriffshaltung, kein Zweifel! Poppi schrie aus voller Brust: Sie war am Ende.

„Spring!“, kam da eine Stimme von unten. Poppi fragte nicht, sah nicht nach, sondern lockerte einfach ihren Griff und raste kopfüber in die Tiefe. Auf einmal umklammerte jemand ihr Handgelenk.

Einen Atemzug später knallte neben ihr ein Körper zu Boden und blieb regungslos liegen.

Eigentlich „Giftbart“

Zwei Tage später im Garten des Maharadscha-Palastes war ein Fest im Gange, wie es die Knickerbocker-Bande noch nie erlebt hatte. Aus gegebenem Anlass hatte der Besitzer des Landes verfügt, dass an diesem Tag alle Menschen feiern sollten.

Im Park rund um das Hotel waren riesige Tafeln aufgebaut worden, auf denen sich die köstlichsten Speisen türmten. Überall lagen bunte Blüten und auf kleinen Bühnen tanzten anmutige indische Mädchen. Jede Bewegung ihrer Arme und ihrer Beine war ein Symbol für das Wasser, die Luft, das Leben, die Erde und die Freude.

Die Reitelefanten aus dem Tierpark waren frisch gebadet und mit Pflanzenfarben bunt bemalt worden. „Ich finde, sogar die wirken heute wieder fröhlich!“, meinte Poppi. Die vier Knickerbocker waren als Ehrengäste geladen. Sie hatten neben dem Maharadscha und dessen Frau unter einem riesigen Stoffbaldachin Platz nehmen dürfen und wurden von aufmerksamen Dienern verwöhnt.

Fateh, der Fakir, gesellte sich fröhlich winkend zu der Bande und verneigte sich. „Danke … danke für den Tipp mit den Bananen und danke für das Auffangen!“, sagte Poppi. „Wieso waren Sie plötzlich im Elefantenpalast?“, wollte Dominik erfahren. Der Fakir lächelte geheimnisvoll. „Fateh sieht mit geschlossenen Augen. Er hat gesehen, dass ihr im Schlangentempel seid. Er hat gesehen, dass der Maharadscha in Gefahr, und hat ihn gewarnt. Und Fateh hat gesehen, dass ihr ihn braucht im Elefantenpalast! Poppi, der Tiger, er lebt!“

Das Mädchen horchte auf. „Aber er ist doch vom Dach gestürzt!“ Der Fakir schüttelte den Kopf, sagte also ja. „Stimmt, aber der Tierarzt aus dem Park ist zum Palast gefahren, und da war er schon weg. Er war von den Verschwörern tatsächlich nur angeschossen und bewusstlos geschlagen worden. Der Tierarzt hat ihn aufgestöbert, betäubt und operiert. Schon bald darf er in den Park zurück, aus dem er auch gekommen ist.“

Poppi hatte bisher vor lauter Schlafen und Erholen und Kräftesammeln kaum Zeit gehabt, mit ihren Freunden über das Ende des Abenteuers zu sprechen. „Wie seid ihr aus dem Gang herausgekommen?“, wollte sie endlich erfahren. „Genau so, wie Mister Morris – oder wie er tatsächlich heißt – James Claveman hineingekommen ist. Durch die Geheimtür beim Schlangentempel.“ Poppi wollte eine Erklärung, und da sie nicht die Erste war, trug Lieselotte bereits einen Zettel bei sich, der den Mechanismus erklärte.

„Du erinnerst dich, dass der Raum unter der Feuerstelle wie eine halbe Röhre ausgesehen hat. Die Sache ist die: Es ist eigentlich eine Trommel, die von einer Platte in der Mitte geteilt wird. Die Platte ist an einer Achse befestigt und dreht sich, wenn sie an der Seite nicht gehalten wird. Wir haben die untere Hälfte der Trommel entdeckt und den Mechanismus auch. Schon konnten wir die Platte drehen, die Abdeckung entfernen und hinausklettern. Allerdings war unsere Befreiung etwas langwieriger, als ich sie dir jetzt schildere!“

Axel hatte noch eine Frage. „Warum sind dem Tiger die Barthaare abgeschnitten worden?“ Auch dafür hatte

Lieselotte eine Erklärung. Laru und sie hatten sie gemeinsam in dem kleinen Buch aus der Bibliothek gefunden. Die Verschwörer hatten sich für den Maharadscha eine besonders widerliche Art von Mord ausgedacht. „Zu den Lieblingsspeisen des Herrschers zählen die Blätter einer Gewürzpflanze mit besonders kräftigen Stielen. Die Blätter werden mit leckeren Dingen gefüllt und samt Stielen zusammengerollt. Verspeist wird die Köstlichkeit im Ganzen. Die Verschwörer hatten geplant, Tigerschnurrhaare in die Stiele zu stecken. Der Maharadscha hätte das harte, fast drahtähnliche Haar geschluckt und sich so Magen und Darm zerfetzt."

Axel staunte. „Das Unternehmen hätte also nicht ‚Giftkralle', sondern ‚Giftbart' als Kennwort tragen müssen!"

„Ist dieser James Claveman schon gefasst worden?", wollte Dominik wissen. Fateh verneinte. „Nein, er und die Tochter des Maharadschas sind noch flüchtig, aber sie werden nicht entkommen. Das arme Mädchen denkt noch immer, ihr Vater sei ein Tyrann, der durch ihren Geliebten vom Thron gestürzt werden muss."

Der Maharadscha beugte sich zu Fateh und wechselte ein paar Worte mit ihm. „Mein Herr möchte gerne von euch erfahren, ob ihr so ein Abenteuer schon einmal erlebt habt?" Axel, Lilo, Poppi und Dominik brachen in schallendes Gelächter aus. „Einmal? Schon viele, viele Male!", antwortete Lieselotte. „Und das war bestimmt nicht unser letztes!", versicherte Axel.

Fateh übersetzte und der Maharadscha riss erstaunt die Augen auf. Wieder sagte er etwas zu dem Fakir. „Mein Herr meint, dass die Nerven eurer Eltern so stark wie Ketten sein müssen!" Wieder lachte die Bande auf. „Das haben unsere Eltern auch schon öfter festgestellt!"

Die Nerven der Knickerbocker-Eltern sollten tatsächlich schon bald einer neuen Prüfung unterzogen werden. Die Bande würde sich nämlich auf die Suche nach einem Ding machen, von dem zuerst keiner so richtig wusste, was es war. Fest stand nur, es befand sich im Riff der Teufelsrochen … *

---

* Siehe Knickerbocker-Abenteuer Nr. 33: „Das Riff der Teufelsrochen".

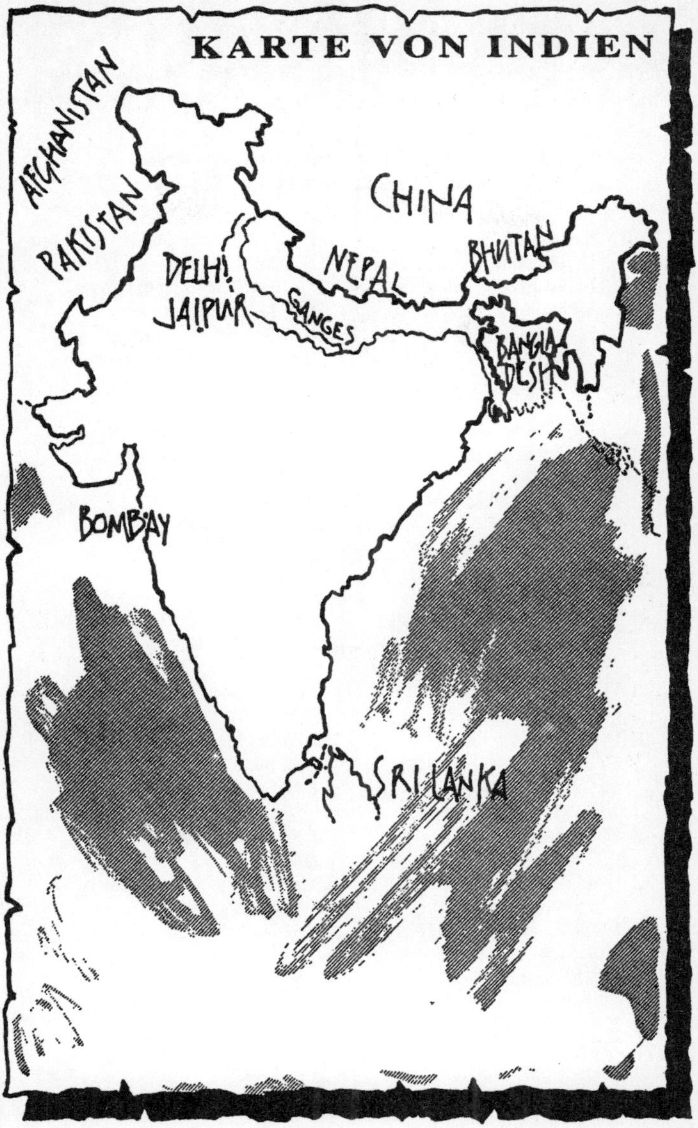
KARTE VON INDIEN
AFGHANISTAN
PAKISTAN
CHINA
DELHI
JAIPUR
GANGES
NEPAL
BHUTAN
BANGLADESH
BOMBAY
SRI LANKA

DIE KNICKERBOCKER-BANDEN-CHECKLISTE

KREUZE EINFACH DIE KNICKERBOCKER-BÄNDE AN, DIE SCHON IN DEINEM REGAL STEHEN.

❑ 1 Rätsel um das Schneemonster
❑ 2 Ein Ufo namens Amadeus
❑ 3 Lindwurmspuk vor Mitternacht
❑ 4 Wenn die Turmuhr 13 schlägt
❑ 5 Bodenseepiraten auf der Spur
❑ 6 Das Phantom der Schule
❑ 7 Die Tonne mit dem Totenkopf
❑ 8 Wo ist der Millionenstorch?
❑ 9 Treffpunkt Schauermühle
❑ 10 Der Fluch des Schwarzen Ritters
❑ 11 Die Nacht der Weißwurst-Vampire
❑ 12 Schokolade des Schreckens
❑ 13 Der Ruf des Gruselkuckucks
❑ 14 Jagd auf den Hafenhai
❑ 15 Das Zombie-Schwert des Sultans
❑ 16 SOS vom Geisterschiff
❑ 17 Die Rache der Roten Mumie
❑ 18 Kolumbus und die Killerkarpfen
❑ 19 Die Gruft des Barons Pizza
❑ 20 Insel der Ungeheuer
❑ 21 Frankensteins Wolkenkratzer
❑ 22 Der tätowierte Elefant
❑ 23 Die Drachen-Dschunke
❑ 24 Der weiße Gorilla
❑ 25 Der Grüne Glöckner
❑ 26 Im Dschungel verschollen
❑ 27 Im Tal der Donnerechsen
❑ 28 Titanic, bitte melden!
❑ 29 Der Eiskalte Troll
❑ 30 Im Reich des Geisterzaren
❑ 31 Der Bumerang des Bösen
❑ 32 Kennwort Giftkralle
❑ 33 Das Riff der Teufelsrochen
❑ 34 Das Geheimnis der gelben Kapuzen
❑ 35 Der Geisterreiter
❑ 36 Im Wald der Werwölfe
❑ 37 Die giftgelbe Geige
❑ 38 Das Haus der Höllensalamander
❑ 39 Das Biest im Moor
❑ 40 Die Maske mit glühenden Augen
❑ 41 Die Hand aus der Tiefe
❑ 42 13 blaue Katzen
❑ 43 Die Rote Mumie kehrt zurück
❑ 44 Die Höhle der Säbelzahntiger
❑ 45 Der Mann ohne Gesicht
❑ 46 Hinter der verbotenen Tür
❑ 47 Das Phantom der Schule spukt weiter
❑ 48 Der unsichtbare Spieler
❑ 49 Es kam aus dem Eis
❑ 50 Der Schrei der goldenen Schlange
❑ 51 Der Schatz der letzten Drachen
❑ 52 Das Wesen aus der Teufelsschlucht
❑ 53 Das Diamantengesicht
❑ 54 Das Gold des Grafen Drakul

DIE KNICKERBOCKER BANDE®

Auflösung von Seite 10:

Als die vier den Zeichenwettbewerb einer Lederhosenfirma gewannen und einander bei der Preisverleihung kennen lernten.